明
室
Lucida

照 亮 阅 读 的 人

我成了一个越来越易怒的女人

颜悦 著

北京联合出版公司
Beijing United Publishing Co.,Ltd.

图书在版编目（CIP）数据

我成了一个越来越易怒的女人 / 颜悦著 . -- 北京：北京联合出版公司 , 2024.11 (2024.11 重印). (正常故事). -- ISBN 978-7-5596-7708-2

Ⅰ . I247.7

中国国家版本馆 CIP 数据核字第 202427VA72 号

我成了一个越来越易怒的女人
作　　者： 颜　悦
出 品 人： 赵红仕
策划机构： 明　室
策划编辑： 陈希颖
特约编辑： 刘麦琪
责任编辑： 周　杨
装帧设计： 山川制本 workshop

北京联合出版公司出版
（北京市西城区德外大街 83 号楼 9 层　100088）
北京联合天畅文化传播公司发行
北京市十月印刷有限公司印刷　新华书店经销
字数 76 千字　787 毫米 ×1092 毫米　1/32　6 印张
2024 年 11 月第 1 版　2024 年 11 月第 2 次印刷
ISBN 978-7-5596-7708-2
定价：98.00 元（全三册）

版权所有，侵权必究
未经书面许可，不得以任何方式转载、复制、翻印本书部分或全部内容。
本书若有质量问题，请与本公司图书销售中心联系调换。
电话：（010）64258472-800

目 contents 录

霉菌
001

醒肉
033

漂亮男偶像
083

预言章鱼帝
149

后记
183

霉菌

我至今都不明白我为何对你如此愤怒,你什么都没做,却让我崩溃般地愤怒。

总的来说你是一个好人,很好的人。

但我的愤怒也是很好的愤怒。

我对他的迷恋,或者说,对那个高高在上的轮廓的迷恋,是从什么时候开始的呢?

刚刚开始找工作的那个冬天,我和姐姐租住在那种四分五裂的上海老公房里。我们跟邻居共用一条过道(也是他们的开放式厨房),每次出门,我都要路过穿着裤衩刷锅的大叔,看遍他们锅底剩的残渣,穿过他们挂在头顶的睡衣和内裤,避开他们堆在楼梯口的潮湿的大米和五香豆，才能走到让人愉悦的街道上。回家的时候，我也要做足心理准备，再次穿过他们的整个家庭，几乎是从邻居大叔的消化道爬回我那小房间里。我并不抗拒任何一种荒唐的生活，尤其是潮湿的、阴影下的、布满霉菌的生活，我年轻的皮肤上有针对这种现实的疏水层。

我从学生生涯骤然结束时讲起，是因为那时我终于可以沉入刺骨的现实，享受其中多汁的绝望。因为没有任何实际的生活经验支撑，我只能去找一个创作类工作，用力地告诉一小部分人该怎么样像大部分人那样生活。

我每天在我那小屋里捯饬一番粉底霜、眼影和唇膏后，坐地铁去徐汇的各种写字楼里面试，双眼无神，有如两枚纽扣。

收到博大写作计划的录用消息时，我正在苦恼如何处理厨房吊柜里的霉菌和死蟑螂。为了不沾到吊柜里的霉菌，我买了日本产的蟑螂小屋这种废物。现在一只巨型蟑螂正安心地熟睡在我给它布置的精美小屋里，那个蟑螂小屋比我的小屋还要好看，它如此干净，如此有欺骗性，以至于我完全没有考虑到我也要亲手处理它。以前我只需要处理掉蟑螂本体，现在我还要思考怎么处理掉蟑螂以及包裹着它的巨大精美小屋。或者我干脆直接退租，花重金请人来给这只蟑螂打造一个虚拟现实？

然后我去了你家。作为博大计划刚入职的初级编剧，你的家有挑高三米的拱顶，阳光洒进来，冰箱、微波炉、烤箱和厨房墙壁跟真相一样洁白，完全不给霉菌留藏身之处。

你告诉我，你的柜子都是嵌入式的，我看到，那些柜子的把手都是凹进去的，心想，不知道你平常会不会在家攀岩。

我的视角沿着柜子线条滑到无瑕的墙角，撞到一台纯白的Marshall三代音响，正唱着"Redbone"。现在想来，只是一台普通的音响，但它分明发出了能穿越平流层的圣光。

我们成了很好的朋友。我现在意识到，自信、风趣的进步男性身上潜在的风险，比不进步的那种更可怕。你无拘无束的表达，你跟我谈性解放的方式，你改造我的信心，你激动的唾沫，让我感觉我坐在一块洒满阳光的甲板上，被自由的海水冲刷着。

姐姐说，比起其他更粗暴、更不会说话的男性，你这样有知识、有教养的男性，更像一个心灵澄澈但防御的油脂层层加厚的佛珠。

我不屑地向她解释，你的世界是多么干净。你的房间一尘不染，完全不需要打扫，你也告诉我，我不能把时间花在打扫房间上。但在你吃了我给你做的无麸质蛋糕后吐了一地，我不得不戴上橡胶手套开始打扫时，我想的是，要奖励你的进步思想，反正我做的食物已经是一种惩罚了。我做饭的目的，不是制造食物，而是置食物于死地，或者置你于死地，每一次晚饭都是一次你和食物之间的决斗。

但当我拖完地、清理完双开门冰箱、擦完全自动马桶后，我看到浴室的墙角出现了一小块浅灰色的霉菌，来自我的旧世界的霉菌。我赶紧用抹布把它擦掉了。

在新媒体公司的熏陶下，我整个人都开始赛博化。

我刚打开家门，姐姐问："现在什么天气啊？"

"等会儿，我查一下。"然后打开天气预报。

"你吃枣子吗？"

"什么级别的枣子呀？"

"你挺中产啊。"她咬了一口枣子，"这枣子好新鲜，像刚从树上打下来的。"

"枣子怎么能是从树上打下来的呢？枣子不应该是从山姆买的吗？"

"你昨天都没回来，是要卧底在他家了吗？"

"没有，只是一直在跟他一起写东西，马上要交稿了。"

我注意到，你家的牙刷变成双份的，桌布开始变脏，沙发上的靠枕乱成一团。在餐桌上，你从一株西蓝花里抬起头说:"你要写那些真正重要的事情,不要做饭了,真的没法吃。"

"他帮你看了你的初稿吗?"
"他说他还没抽出时间。"
"他可能就是不想看。"
"为什么不想看?"
"因为他会发现你超过他了。"
"我跟他又不是竞争关系。"
"但他跟你是。"
"我等会儿要去找他了。"
"你超过他,他才能认可你。他不快乐,你才能快乐。"姐姐说,"但你这个人受不了快乐,你从没想过要摆脱不幸,你找到了一种舒服的方式来享受不幸,让你的不幸恰如其分。"

过了几天,我瞥见你家那块霉菌又出现了,而且颜色更深了。

我开始偷偷地擦你家浴室的瓷砖,我不能让

你发现我把霉菌带进了你家。

我回到家时,姐姐已经睡了,我透过窗户看着平流层暖橘色的天光。

有一次我写了一整天,忘记做饭,你就开始一边做饭,一边看着我写。我吃着你做的饭,觉得很愧疚,你对我说了一段话,那段话很温柔,但语气肯定。

你向我描述我写的东西多么难得一见,虽然打扮成付出型人格很可爱,但作为女性创作者,我要保持住我的独特、我的单纯、我独特的单纯,去反抗糟糕人生的诱惑。

评级日那天,我们终于见到了那个笔名叫卡特的人。

他周身有一股寒冷的气息,但并没有你说的那么特别,他的脸看起来有点疲惫,前额挂着两缕头发丝,风吹不动,像讽刺文学之门上的两条对联。

一些人上台发言,嘴巴一张一合,我听不见他们在说什么。

我对你悄悄说，你有没有发现，卡特的下唇在不说话时是收起来的，像折叠刀一样，不会暴露任何不值得分享的观点。

你说，作为博大写作计划中最优秀的一个作者，不论是外表还是内心，他从不需要费心打理。

我又看了他一眼，他的嘴在轻微地嚼着口香糖之类的东西。

你轻声告诉我，卡特得到了行业创新奖提名，他的想法天马行空，无人可比，我们要想进入这个行业，最简单的方式就是获得他的认可。你揣测他藏在外套下面用手指轻轻捏住的是哪本参考书，让他比你更能参透人性。你朦胧地希望获得他眼神的回应。你嘴里喷出的气流冲过我的耳膜，在我的腹部产生了微妙的反应。

我看到你看他的眼神，那种公狼看群狼之首的眼神，你永远不会给我的眼神。你让我意识到，男人欲望的尽头，永远是另一个男人。

我被评到了和你同一级，将独立完成一部作

品，并在夏天结束时接受计划的最终考核。

我们庆祝了一整晚，喝了很多热红酒和金汤力。第二天早上，我第一次在你家洗澡，祖玛珑沐浴露的柠檬罗勒味漾在整个浴室里，我用洁白的浴巾擦干身体，再把欧舒丹杏仁油涂到闪亮亮的小腿上。我清理地漏的时候，眼前出现了那块霉菌，它又回来了，变成了邪恶的亮黑色。

我撞到浴室玻璃门上，心想，完了。

于是趁你不注意，我下楼去便利店里买了黄阿姨除菌剂，狠狠地把那块瓷砖擦了一遍。

这是适度的天才佐以温和的嘲讽才能得胜的年代。我们写的东西既不能指涉现实，又不能离现实太远；既要讨广告商的欢心，又不能失去风骨；既要有艺术气质，又要让观众完全看明白；所以既要创新，但又不能真的创新，只能散发出一股浓浓的创新感。我总在家里踱步，说我不知道写什么，我的时间不够了。

计划的几十个实习生里一共只有五个女生，

这意味着有四个视角是多余的,如果我们不想彼此竞争,就必须要找到女性之外的视角,才能显得独特。

你叹道,不要焦虑,机会都在前面等着呢!

你似乎就是不明白,对我们女人来说,机会并不是"在前面的路上等着",更像是"在后面的路上尾随着"。

它要么只是无辜地路过,要么就是要掀我们的裙子拍照或者拿酒瓶敲我们的头。所以你问我们期望什么机会,我们会说,期望机会滚远点,期望机会跟我们各自安好。

"我去找朋友们喝酒。你还是不去?"

"对了,你看了我的稿子吗?"

"你是不是又改了一个新版本?我还没看最新的。"

"没事,我有点累了,还是待在家吧。"

我还没有打扫浴室。

"把你最新的再给我发一次吧,我可以让卡特帮忙看看，我们熟。"

"我不需要他的意见。"

"卡特觉得你很有潜力。"

"我没有！"我的语气把自己都吓了一跳。

接连几天，我梦见你在问我要我没有的东西，钥匙、咖喱粉、午饭、大胸，每一个都让我精神紧张，想抓起那把我没有的钥匙冲下楼去便利店里买。

你的书房里只有一张书桌，你一边说我们共用吧，一边往上面摆满你的东西。我想，你要是不做人，一定能做一摊很厉害的爬山虎。你拒绝让我花钱再买一张书桌，"买重复且无实质差别的产品是资本主义的圈套"。我坚持要去宜家买一张便宜的桌子，你答应我下班一起去，等我回到家，发现你跟三个男同事正在把一截怪物一样的木桩拖进客厅；男同事们说，你真是个怪人，一边笑，一边等我倒水，我倒完水，你们还在说太好笑了，越笑越大声。他们的笑声跟你的不一样，有一种我无法忍受的轻浮。我一直低着头，一直等到你们喘气的间隙，我开始笑，边笑边大声说："因为他太讨厌桌子的概念了,桌子是把树的木乃伊做成了四脚牲口的样子,我们还趴在上面吃东西,是对兽交的模拟。"

同事们回家后,你问我,如果有一天你成功了,我会为你感到开心吗?如果我不会,为了让我感觉好受一点,你宁愿一直不成功。

我没有接话,只是在木桩上沙沙沙地写。你也开始在桌子上写东西,并问我写字可不可以不要发出声音,你的创作需要一个绝对安静的环境。我问,你在你那个才华的真空里还不够安静吗?

那天我写到忘记做饭,写到很晚,你走过来说,写完了吗?要吃晚饭了。

你做了呀?你真好。

做什么?

晚饭啊。

我是说我们该做晚饭了。

当然,你说的我们是指我。

也许那时我们仍然是快乐的,只是如果没有

"我们"这个概念，我们会更快乐。

我感觉我是潜伏在你家观察你。

从我可能超过你开始，你就不再相信我是真心想写作，不再觉得我是和你平等地在追求文学。

你对我有感情，但对成功更有感情，我只是一个年轻女孩，是你和成功之间的第三者，把你和成功的关系给搞复杂了。

但你从没有残忍到说出来。

你只是不看我的文章，不送我书，甚至不信任我自己买书。你在买果酸洗面奶、抗氧化精华液和修眉刀之前，一定会问我的意见。但每当你看到我抱着书回家时，你就会问我是看了谁的推荐去买的，就好像品味是会员制的。我向你道歉，说我买的小说不像你发给我的电子书，做书流程中的压实、切片和包装，着实是把知识薯片化了。

我很羞愧我把霉菌带进了你家。外面的蝉鸣声越来越疯狂，霉菌的情况也越来越严重，那个夏天，我必须每天清洁一次浴室。

在霉菌爬满你的房间之前，我得找到新的出口。

写好这篇傻里傻气的文章，获得卡特的认可，我才能直起你口中的"腰肢"，我才能说出想说的话，这样，人才会有出口。所以那段时间，我必须去卡特给我的纯白色的办公室里单独待着。只有在那里，想到他是一件很自然的事情，我不用为脑子里浮现那两缕刘海感到愧疚。

我完全想不到写什么主题，只能想到什么写什么，直到那个夏天结束，我才从桌子事件中意识到，我的生活是有主题的，主题就是"恨"：一股油然而生的无主的恨，最终我把它指向了周围的东西——我平等地仇恨一切可见的家具和电器。

我仇视冰箱。它想假装灯一直在亮，一切都好，并不是只有在我打开的时候，灯才会亮。它想操控我，假装一切正常，我才是在自己家里疑神疑鬼的那个人。外面是白净的外壳，里面是熏人的剩饭，那刺眼的白光、浮肿的欲望、不可见的疯狂。

我仇视洗衣机。它是虚假的解放，它宣称解放了妇女的双手，可是为什么我的双手在选择节能模式、棉织物模式、羊毛模式、丝绸模式、羽绒服模式、烘干模式？为什么我的双手在买洗衣液、消毒液、羊毛真丝洗涤剂、柔顺剂、洗衣袋、内衣洗衣袋、球形洗衣袋、防串染布、脏衣篮、晾衣杆、衣架？为什么我的双手在把洗好的衣服拿出来放进篮子推到晾衣杆旁边挂上去晾干？在手机上追踪着这些东西什么时候降价打折什么时候进货才能进得不能太多也不能太少？为什么我的双手还在被占着？为什么我的双手还没被解放？而你会问我，你为什么还在洗衣服？不是有洗衣机吗？

我仇视锅。锅是食物的集中营。我每天只会点一份外卖，然后把超市买的冷冻鸡肉和冷冻杂菜倒进锅里，开火煮熟，再把那份外卖倒进大盘子里，拌成两人份。我只穿着难看的运动胸罩和高腰亚麻长裤，手里拿一个大勺拼命搅拌，食物会负责监视我，青豆和玉米粒咕噜咕噜地在锅里滚来滚去，像无数只小眼睛，替你盯着我。我只是在做饭，却被青豆盯得很羞耻。

我仇视音响。你的纯白色 Marshall 音响，我一直听它说话，可它从不听我说话。有时你会突然走进厨房,关掉音响,大声朗读你的稿子,希望我给出意见。我们会讨论你的稿子一整天,等轮到你帮我的时候,已经太晚了。有些时候你说到一半,我会扔下勺子爬到你高瘦的身体上,蹭你可爱的后颈,那时你会放松警惕,让我念我自以为有趣的点子。你会用脸色表达尴尬,但嘴里说出的都是温暖的修改意见。那些意见很中肯,有时的确会有帮助;当我不识抬举地为自己辩解时,你就和那一锅小眼睛一起使眼色。我按你的意见改了,你会夸我真的很棒,为我骄傲。锅里糊掉的青豆则鄙夷地盯着我,盯着这个擅于利用自己的身体获得意见的女人。

有一天你大赞我的一个句子,后来我发现那是你看跳行了,把那个句子误解成了一个更有趣的句子,我大失所望,半夜爬起来,悄悄把那句话改成了你误解的样子。

你的爱很重,像重力一样,无处不在,牵扯着我,把我拉进谷底,然后我所有的上升都与你有关。

我真是个废物，天天跑去公司借用桌子，循环于苦读和苦写的时光轮回之中，看着卡特的身影在一团兴奋的实习生之雾里进进出出。

我只觉得我写的东西和我一样不重要。我身材干瘪，头发又油又蓬松，整个人像一把过度使用的松肉锤，追着捶打高级作者们的虚荣心心肌，我越用力，身在高处的人就越满意。

而你们过着轻轻松松的生活，就着比萨和啤酒聊天都能聊出好点子，为什么你们不用睡觉，有无限的精力创作？

我发了微信给卡特，附带了我的初稿，解释说，我之前因为不舒服，没有去参加你们的聚会，但希望你有空能帮忙看看我的稿子。

几分钟后，收到了回信："我没有参加过什么聚会，但你写得很有趣。"

"我还没完全改完，这不是最终的样子。"

"你三个月前的版本我最喜欢，现在改来改去反而有点乱。"

"那我试试改回去。"

我又发了一条："到底怎么写出像真理一样的句子？"

过了几分钟他才回："主谓宾搭配不当就行。"

"我一直觉得你的刘海像文学大门上的对联。"

发送之后，我立即感到尴尬，但心里有东西在生长。我沉迷于见不得人的关系，只想要注定要死的感情。

过了十分钟，他终于发了一条："我觉得你可以参考阿伦特，改天给你。"

我第二次在你洁白的浴室里洗澡，用手沾了沐浴液，搽到自己的身体上。我放慢了动作，突然看到瓷砖上有几条纤细的黑线，我顺着瓷砖缝看过去，越来越密集的黑线沿着墙角向卧室生长。

于是接下来的日子，除了写东西，我大部分的时间都像麦克白夫人一样，跪在地上，擦洗不停滋生的霉菌。心里想着那两缕头发。

他的才华不用化学物质催产，他是一个天然的天才。

卡特、你和你的朋友们都走向那个光点，我却像一个文盲一样，迷失在这片黑暗的土地上。

但卡特并没有再联系我，我也没有再联系他。

截稿日快到了，我连着写了好几个通宵，却毫无进展，每天都累到昏睡在床上。我提出想买阿伦特的全集，你说家里有。我问你在哪儿，你说你不是我的管家，我最好自己找。我说如果你学会把东西固定放在一个地方，我们就都不用费心找了。你说我总是用无数新发明的规矩来围剿你，把你困在思维的迷宫里，让你活活困死在里面。我说我也不是你的管家，然后藏起了身后的拖把。

深夜，你终于完成你的文章，为了表示歉意，你冲进卧室开玩笑地挠醒我。我发现你点亮了一排香薰蜡烛，烛光摇曳，一路引我到你的桌旁。你揭开电脑，让我看你文章中的闪光点。电脑的屏幕很亮，比烛光还耀眼，你在黑暗中指着那些幽默的金句，就像周幽王点燃烽火台一样，想逗我开心。

那些金句很好，但是很轻浮，是那种想象别

人的痛苦的虚假痛苦。我被你逗得大笑，但是内心无比悲伤。

你并不会让我参与进来分享你的成就，你只想用你的成就逗我开心。

就像周幽王和历史书上的其他男人一样，你让女人靠得离火更近，只是为了让女人把你的成就看得更清晰。

所以当我的目光转移到躺在桌上的、你忘记藏起来的劳拉西泮和阿片类兴奋剂时，我比你还羞愧。因为我没有勇气承认，我无法忍受我的软弱——至少你的软弱是天然的，而我的软弱是为了你的软弱生造出来的。所以我接受了你的说法——你病了，焦虑症，病得很重，不得不靠吃药来寻找灵感，而我不能攻击一个病人，你让我在道德上后撤了。

你的同事们为了追求艺术，不惜冒险，沉溺于酒精、毒品和疯狂之中，但你不一样，你是为了治病。

那卡特呢？

他？他不需要药物，他是真正的天才。

我想，生活为什么这么复杂呢？然后问你，我可以尝尝吗？

你愣了一下，假装没听见，随即在心中重建我的形象，划到纯洁的领域。

"你们明天要聚会吗？"

"明天很多人都会来，卡特也会。"

"我也想去。"

聚会就在博大计划旁边的酒吧里，很热闹，也很无聊。我在人群中寻找了两次卡特的身影，然后放弃了。他是否在和某个女孩谈话？聊到了这个城市的秘密，聊到了他的私生活，然后他们相视一笑？或者，他会不会根本没来，而是跟你一起回了你家，在家里和你相谈甚欢？

我在那个聚会上发了两个小时呆，然后觉得是时候溜走了，就像我马上要从你手中溜走一样——麻溜、手脚并用，但又谨慎，保有我这种处境的年轻女孩该有的留恋。

但我走向了露台。

月光很明亮,城市看上去像在很遥远的地方。我在等待,我知道有什么事情会在这里发生,这股芬芳的气息和早春的新芽都在向我做出保证。

卡特果然站在露台的雾气里,看见我后,他立即从两个女生的包围里挤出来,向我走过来。他的每一步都在我的预料之中。

卡特问我为什么脸红,我憋了半天说:"因为暴露在你观点的辐射下面太久。"

他笑了,用手碰了碰我的肩膀,说带我去"那个房间",就好像我本该知道他说的是哪个房间一样。

我跟着他上楼,他的棉麻裤脚下隐约露出细瘦的脚踝,显得有点脆弱。

我们爬到了露台楼上的一间小房间门口,木门上挂着一个精美的牌子,写着英文的"听从你自己"。

我想我可以问问他我的稿子。

卡特进了房间,站在床上,一巴掌把松掉的

烟雾报警器扇了回去。

我僵硬地微笑着，努力在空荡荡的脑子里试图排练一些重要问题，来和他的才华相称，但什么都形成不了，我这脑子只适合排练自己的沉默。

他走回门口，把门关上，但很绅士地没有关紧，留了一条缝，把他和会把门关紧的男人分隔成两类。

我完全没有受到威胁的感觉，我只对自己心中的欲望、对自己如此不加伪装地束手就擒感到震惊。

在那间房里，在那一刻，我终于感觉要从对霉菌的恶心中抽离出来了。但那种轻松感只维持了一瞬。

他走到床边，放松地坐下，然后一言不发地开始掏角落里放着的包，没有要跟我说话的意思。

他邀请我是不是只是出于礼貌？为什么只有我一个人？我是不是该走了？他是不是根本不想跟我说话？

他在翻什么？

一切都肤浅得如此明显，以至于有点深意。

是让人快乐的东西吗？

不会的。你会用违禁药物来创造才华，但卡特不会。他是个不需要用化学物质维持快乐的人。

他掏出一张暗暗的纸，什么也没说，就对着暗暗的壁灯看了起来。

我立即知道了他希望我留下。

果然不出几秒钟，他靠过来，把那张纸递给我。

"给你的。"他说。

我不明白他只是要我看一眼，还是要我收下。我怕如果我误解了他的意思，贸然抢过这张纸放进包里，会被说抢了他的写作秘方。

但我错了，这不是卡特的为人。那张纸方方正正的，就像人性本来的样子。

虽然它布满黑黑的霉菌斑。

卡特的声音很温柔："这是阿伦特给海德格尔写的信。"

"天哪，"我愣愣地看着那些古旧的字迹，"原版的？"

他看起来有点不好意思,就像被戳穿了一样。

"这我不能收……"

他看起来很受伤,而我希望他立即开心起来。于是我说:"要不我买下来?"但我想到可能要付的价格,陷入了深深的后悔。

他低下头,酷酷地冲我一笑,大概不知道自己这个角度并不适眼:"你不知道吧,莎士比亚、爱德华·吉本,甚至苏格拉底的灵感可能都是从这儿来的。"

"什么……抄袭阿伦特?"

卡特把半张信纸递向我:"上面的真菌,旧书真菌。你知道吗?越旧的古书,越能长出上好的致幻真菌。你看这上面,伦敦运过来的,酵母菌、霉菌、裸盖菇素。你想象那些大神:莎士比亚、吉本、苏格拉底,他们怎么获取灵感的?烟酒都是儿戏,他们真正玩的是这个,祖父辈留下的古书,他们去图书馆里找文献,搜刮智慧,呼,把灵感全都吸进去。"他继续说,"你懂吗,这是接近降神的体验,瞻仰神谕。"

"什么玩意儿?"

卡特突然举起手,我看到他"欻"的一声把信撕成了两半,然后才听到那声"欻",就像雷声的滞后。他眯眼看着我,然后低下头,把粉嫩的舌头放到其中一半信纸上,舔了一下,然后吃了进去。

他似乎没有注意到我呆住了。我的程序乱了。

剩下的半张散发恶臭的纸快贴到我的脸了。"要不要试试?不用担心,我天天嚼的。"他性感的嗓音丝毫没有波动,"这个不过肺的。"

他的大腿绷在我的大腿旁边,隔了一层空气,素染的棕色西裤随着门外的爵士乐轻松地抖动,没有僭越那层空气。

"不过随便你试不试啦,那是你的自由。但我知道我没看错人,你不会 judge 我。"

我当时还没明白,不管我说什么,他都不会在乎,也不会给出反应。

我想象阿伦特的腰封——不抽烟不嗑药,只吸爹味日记。

我只是他自厌程序里的一环，说什么不重要，说话只是帮助唾液分泌的动作而已。

有一条界限，在越轨和没越轨之间，在能被原谅的和不被原谅之间，在酷和不酷之间，在有才华和平庸之间，在越来越小的群体和越来越大的群体之间，一条明确的界限。

吃纸并不能算违背道德，既不像抽烟那样平庸，也不像吞金自杀那样极端。吃纸在道德光谱上的位置，接近吃包子时不小心把蒸笼纸吃下去。

我可以下楼去买一个包子，配着包子"不小心"把这张纸吃下去，这样你就没法质疑。但是这么晚了，楼下全家便利店里的熟食应该卖完了。

也许我可以幻想在吃包子，顺便把这张纸顺下去，卡特和我和你就都不会被冒犯，卡特的欣赏就会有所回报。

我看着这半篇过期的神谕，几乎开始同情自己，觉得自己像他的母亲，给予了他过高的期望。我不也是这种人吗？尴尬、业余却自视甚高，不敢尝试新鲜事物，因为我是一个阿伦特那样的魅力不足的年轻女人，一具新鲜的木乃伊，一个傻气的蒸包。

但期望总是会落空。我伸出舌头，舔了一下这半张满是霉菌的纸片。

阿伦特写给她敬爱的已婚导师的情书，即使配了想象中的蒸包，在我嘴里尝起来也只是干涩而生硬。

也许阿伦特在看海德格尔这个老男人寄来的信时，也被里面的霉菌熏晕了，产生了爱的幻觉，这种爱并不比别的爱更虚假，不比别的爱更没有理由。她像德尔斐神庙里那些吸多了地壳惰性气体的先知神婆一样，吞下让自己目眩神迷的毒气，在人们期待的眼神中，在失爱的恐惧下，在男人对自己的才华认可的悬赏下，不由自主地喷出了精彩的神谕，挥笔写出了关于人性的划时代神作。但她们根本就是没有才华、没有原创性的女骗子！她们骗过了所有人，读者不知道，信众不知道，欣赏她们的男人也不知道。但她们没忘记，霉菌知道，那些无处不在的霉菌知道，她们只是骗子。

我想朝门的方向看，但我无法转动身体。

那些神婆，那些前辈，我的小阿伦特，在期待和崇拜中失去了相信自己的能力。

我只是对自己很失望。这就是我向世界介绍自己的样子——一只嘴里嚼着阿伦特心血的母羊。

我的嘴里含着一张自尊试纸，上面显示：阴性。

这大概就是为什么我的眼圈是红的，显得好像很难过的样子。

他没待多久就走了，而我一直坐着不动。

我的尊严在离开我的身体，飘到天花板上，而那个烟雾报警器一声不吭。

我要过很久才能走出对才华的迷恋，但在一个月后，我就搬回我和姐姐的霉菌小屋了。我更疯狂地写作，独自做决定，并且每周独自做清洁，不让霉菌有机会帮我创作。你问我怎么能从不自我怀疑。我告诉你，我一直在自我怀疑，我自我怀疑的霉菌早就长出来了，从我第一次和崇拜这种感情独处的时候开始。

醒
肉

1

我成了一个越来越易怒的女人,我确信这是一切问题的根源。

事情本该越来越顺利的。为了在卡特的引领下,和文坛新星们一起在华丽的博大大厦里推动勇敢自由的摇滚文学浪潮,我搬到了新耀记餐厅楼上一间40平米的出租房里。在房源网站上,这是一套漂亮的法式房子,里面有一排大书架和绿丝绒长沙发,墙壁上还挂了一个鹿头。我在下班后的深夜赶到时,这里已经一无所有了,墙壁白白的,地板上留有沙发脚踩过的印子,形成两个嘲讽的酒窝。

不过租金还算合理,房东不停地夸耀这个房子,把一扇小窗子关了又开,让我看天上的月亮,我犹豫了一小会儿就答应签约了。第二天一早,我刚用赠送的笔签下一年的租约,就听到滋滋的电钻声,标志着楼下的新耀记餐厅在进行为期一年的装修。还好装修声很快就被旁边养老院传来的痛苦的呻吟声盖住了。

卧室小得像个电梯。为了增加空间感,我去商店扛了些大镜子回来。在四面墙上都贴上镜子后,卧室看起来更像电梯了。

认真反思了这种相似性以后,我意识到了其中的必然性——小的空间不仅都小,还都想显大,不管怎么折腾,我的卧室不会变大,只会变成一个神形兼备的电梯。

我蜷缩在这个不可移动的电梯里,盯着客厅的墙壁。

墙壁上有个孤零零的水龙头。

我的浴室太小,装不下水龙头——干湿分离

的房子超出了我的负担能力。于是那个水龙头被镶嵌在客厅的墙上，从梳妆镜下面探出高傲的头颅来，像一个被我猎到的水龙头标本。

那是当时的我，在生活中拥有的唯一一件战利品。

当时我还有男友，但我不是很确定。同事们会带着怜爱揣测我和男友以及卡特的关系，内容连我都很感兴趣。男友对我搬出去的决定发表了一通愤慨的讲话，他相信什么，他的感觉是什么，他对眼下这个情况想做什么决定之类的。那番话很冗长，我没有用心去记，反正我马上就可以从同事们的口中听到完整的版本，何必白费力气？

卡特成了名人。他不仅跟以前一样有魅力，还更加谦逊了。他忧虑环境保护、国际战争局势和劳动者的生存境况，但最紧要的，还是远航集团对数字民工的残忍剥削。在一个柔和的下午，他邀请我一起谈论他调皮的、挑衅般的新媒体项目。他为我拉开椅子，跟我面对面坐下，亲切地交谈，但和他之间的交流一直让我觉得不安。他总是先提到自己的衣服其实很便宜，如果他刚参加完一个重要活动，穿着昂贵的服装，他就会强调自己平常并不这样穿。他告诉我，针对最近那件被远航集团掩埋的事件，他打算在社交媒体上做一场行为艺术，一定会激起很大关注，能为改变那些可怜人的命运尽一份力。比起写一篇无聊的控诉文，他更想要复刻那些残忍的人在对底层数字民工做的事情；这时其他人加入了进来，他接着说，可远航集团背后有个社会名声很好但法律名声恶劣的财团，如果没做足准备，不仅博大计划留不下来，还会在法律上惹大麻烦。这事风险很大，但无论如何也不能袖手旁观。

有人质疑这是个轻率的方案，我提出一个切入的角度，卡特立即做出回应，他的思维很敏捷，用词精准、刻薄，惹得大家哈哈大笑。我却觉得无聊，也许我不配坐在那里，我没有足够的知识储备，在他引用那些讽刺的事例时没法做出快速的反应，但他总是很慷慨，从隔壁的小酒馆点了一桌的茶点，不停地给我们续着冰咖啡和酒。我不停地吃，唯有在其他人大谈特谈时，我才会被激起斗志，说一些很重要的话，卡特就会满眼赞许地看着我，用细长的手指指挥大家压低议论声，支撑着我讲完。如果有什么装模作样的人提起黑格尔或者陀思妥耶夫斯基，他就会眯起眼睛调侃他们，问他们要不要把卖课的二维码掏出来？看看那些人的反应吧，可乐坏我了。但只剩我们俩时，我反而哑口无言，缩进宽松的运动服里。我要努力解析他说的话，消耗很大，因此身体饿得很快，我得趁他不注意，把茶点塞进嘴里，无声地咀嚼。我烦躁无比，如果觉得有必要说什么，我也会把一句话在嘴里含半天才说出来，此时，语句已经被脑子里下水道反水一样的洪亮声音淹没了。

也有人讨厌他的做派。他们提到卡特上过法庭。

卡特出身于一个尘土飞扬的山区中的底层家庭。他爸爸本是恢复高考以后的第一批哲学生，在因精神崩溃肄业后，与同样精神状态不稳定的大学女友结婚，两人做起错误决定来就像一连串世界上最和谐的和弦。夫妻俩投资失败，失去了几年的积蓄后，决定去与自己理念上亲近的工地上工作。爸爸成了那片区域最年轻的工头。敏感的卡特从小成绩就很好，喜欢读书，不喜欢动手，因此也不喜欢被爸爸带去工友聚会上炫耀，还得看着爸爸拿出《论哲学》装模作样地朗读。被工人们搂着时，卡特不想承认他们轻微残缺的肢体让他觉得很温暖。初中的时候，爸爸在工地上失去了左手，并于同年出轨。卡特想，就连他的出轨都如此无聊。他没有告发爸爸，只是因为看见爸爸就想吐。他于同年开始喜欢一些遥远的东西，比如科幻片和后现代马克思主义。在他高二那年，爸爸被一个工友骗光积蓄。三个月后，他一脚踹飞家里的门，报警把家暴妈妈的爸爸送进了监狱。

他不和爸爸说话，但也没有断绝联系的可能性，他对爸爸的同情就像牙膏管里的最后一点牙膏，因为濒临用完而舍不得挤。

保送进入大学哲学系以后，他在照顾妈妈的间隙写论文，并在大二时决定休学一年，去工地上给工人免费做饭；21岁时他终于完成了一篇不算合格但很有趣的论文。把这篇论文改成网文后,他在互联网上一炮而红。

20多家内容MCN公司向他抛出橄榄枝。一年后,他的庭审视频流出,原告律师攻击他上班迟到、工作不敬业,在厕所待的时间过长,还鼓动离职员工索取遣散费。

卡特从那家公司离职以后,创作之路更加顺利了。在网上炮轰各类权威的作品让他声名大噪,成为办公室里最受瞩目的人。他们的目光总是离不开他,一些人在他身上找伪装的线头,一些人围在他的工位前面侃侃而谈。当卡特去参加活动,或去打电话婉拒商业邀请,或者只是去上厕所时,他工位上的空缺就会特别显眼,像缺了一颗牙。他的转椅时不时发出吱吱声,办公室里的气氛冷淡下来,显出一种游乐场无人在场的怪异感。

这些人都是冲着卡特来的,他激起了他们心中的渴望,仿佛他们的不成功一下就有了解释,这个出身底层的同龄人的成功就像一个玩笑,是权威体制思维混乱的证明。他们深深为他感到骄傲,又希望把他压倒在地。他们想成为他，也想当他的儿子，又想当他的父亲，三位一体。

大家日夜赶工，埋头苦干，终于在临近发布日期时得到了好消息：抓住了对方的小辫子，一切都迎刃而解了！公关部的领导刘书琪兴奋地宣布，远航集团发生过性丑闻，那个女孩曾经试图自杀，后来签了保密协议，事情就被压下了。但这个把柄给了我们全部的信心，只要抓住时机发布，就能将对方一举击溃。还好有这档子事！

发布当晚，帖子如预期一样引起了小范围的轰动，我们聊到凌晨，大家抽烟、喝威士忌，看着粉丝量和热搜的爬升。有人放音乐，音乐声越来越响，气氛越来越疯狂，大家不停地刷新手机，埋头看一会儿，又把软件"划"掉，过了两分钟又忍不住点开，又远离，可没有人能彻底戒绝这种破戒的快感，竟滋生出对手机的性欲来；舞蹈也跳了起来，终于，一个实习生因为嗑了太多睡眠软糖，刷手机时从楼梯上摔了下来，扭伤了脚踝，大家面面相觑，如梦初醒。过了三点，人群渐渐散了,我看见卡特把脸埋在书里。夜色很暗,我看不清楚他在做什么,但不管他是在认真阅读和学习,还是把鼻子埋到书脊里,让上皮细胞吸附真菌的香气,把鼻头插进书页深处,冲开微尘,探寻文字里的松露,以获取那些不配得的灵感,我都不在乎!我看透了他,他像一头小动物那样肮脏、脆弱、出身低微,却想做个好人。他跟我共享同一种不安。我感觉他在期待着我说一些真话,不要再绕着语言的玻璃栈道转圈圈了,他是唯一能理解我的人,那么我是否应该直接说出我对他的感情?或者,至少问一问我能不能获得升职?可我口腔发炎,没法把话含在嘴里。他抬起头看着我,好像知道了什么,他的眼神是多么温柔敏感、明亮开阔啊。他开始跟我聊天,谈到人和人不应该说废话,而是应该一起哭或者一起笑。

但那晚我和他之间出现了理解层面的断裂。他想跟我碰杯,我却以为他要我帮忙拿着杯子,就把他的酒夺了过去;他想扶着我下楼,我却以为他要拦着我,吓得我后退了三步,害他差点摔倒。

最后他放弃了，夸我有阿伦特的狠劲，我不明白那是什么意思。

　　我只是点头附和他的发言，最后他说我帮了他很多，我们的"对话"很有趣，但天色太晚了，我应该回家了。他拿起手机发了条信息，支支吾吾地说，他应该开车送我回家。此时一个小个子男人从门外飞奔进来，手里抓着一个饭盒，嘴里散出炒饭的油腥味，我才明白他有个司机。卡特谦卑地对司机道歉，说要送我回家。我干脆地拒绝了，因为我不想让他知道我住在什么鬼地方。他吹了吹刘海，表情如释重负，但又忽然抓着我的手臂，晕晕乎乎地说，这个事件中，我的女性视角很重要，他决定顺势为我成立一个女性部门。

　　这句话重重落下，惊得几只乌鸦离开光秃秃的梧桐树枝。我把手轻轻转过来，握住他的手，脸上像有麦浪吹过。

　　身旁的博大大厦，在数年内给流媒体平台、主流电视台和全国社会活动组织输送了数十名文化名流和数百名语言劳工。那面荣誉之墙，挂着无数优秀男性前辈的头——我也会成为这些勇敢斗士中的一员。我头脑发狂,这是我的新世界,一个属于女性的世界,我将引领很多人,在里面扮演一个具有代表性的女人。

当初卡特问我是否关心社会公正时,我立即就知道我来对地方了,因为我很早就开始关心公平和正义了。

证据如下:

大学期间,女孩们吃完午饭回来后,寝室里会有一段热闹的时间。我噼里啪啦地打字跟暗恋的学长抱怨,论文还没完成,以至于我没有时间去研读那本关于资本主义与全球贫困的书。我一个来自深圳中产阶级家庭的可爱室友,头上挂着三千块的降噪耳机,对网友抱怨她偶像的性丑闻;另一个来自重庆贫困山区的可爱室友,一边扫地一边跟电话里的奶奶嚷嚷:"怎么就让弟弟进了传销窝,那我上学的钱怎么办?你大点声我听不见,暴雨把屋顶冲掉了?那房子塌了没?你们赶紧转移啊!喂?"那段充满希望的时光冻结在我的记忆里，一个室友在担心她的偶像"塌房"，另一个室友在担心她的奶奶塌房，我在担心公平和正义。

最后，卡特挣脱我的手，用微弱的气息说："明天你就会见到你的新领导。"

然后他转身登上了一辆七座大车，离开了。

2

他们正在给我们更换新的自动升降桌、赫曼米勒人体工学椅。这些东西闪着银光，非常漂亮，但并不适合女人的身材。女人们扭来扭去，调整高度和坐深，最后用坐垫和靠背把它们埋了起来。

跟这堆办公家具一起送来的，是我们的新组长，都是从另一家刚倒闭的大公司一起收购过来的。

吴壹言就是被卡特选中来做我们的领导的，一个看起来像是从垃圾堆里翻出来的女人。

她眉眼紧促，穿着荧光色的外套和紧身运动裤，用一个三齿充电头梳着一头放荡的卷发，炸出噼里啪啦的静电声。

人事部的部长仲言在旁边哼着小调说:"当女人真好,有这么多福利。"

他是人类中特别喜欢哼歌的那一分支,而且只要一张口,就像上了发条一样,一定要哼完才罢休。

吴壹言回:"你拿去呗,反正都是免费的东西。"

我笑道:"这么不领情?"

她轻声对我说:"你的所有 App 都是免费的,你的小网站是免费的,你的父母是免费的,而你真的喜欢免费的东西吗?你没有在付出代价吗?如果产品是免费的,那你就是产品。"

如果世界上有很多装女人的框子,我不想和她被放进同一个框子里,但说实在的,我无法讨厌她,甚至无法嫉妒她。

我的男友用不屑的语气告诉我,她宣扬性解放,到处睡男人。但她倒不是因为这个失去他的尊重的。

他真正讨厌她的地方是,她说话不分场合。即使是对令人尊敬的许部长也是那样粗鲁,给大家制造了一场场小型心脏病灾难。

许部长在内心很重视女性,他走来走去,公开关心着大家。当我和吴壹言聊天时,他看着吴壹言,惋惜地说:"对呀!你应该多笑笑,你的笑容多自然啊。"

她头也不抬:"对,你能笑出来,说明针还是打少了。"

"欸,怎么越夸还越不开心了?"

许部长为人圆滑,总是想用自己的幽默来结束跟女人的对话,但吴壹言老是给他幽默回去,这样一来,他们俩就总是在激起新一轮的幽默,引起大家无尽的痛苦。

要在平常,吴壹言只会不紧不慢地说着不着调的话,可这次吴壹言说:"许部长,不要因为以前可以这么做,就觉得这么做没问题。"

"哇,说得这么严肃,"许部长赶紧在脑子里搜刮幽默的角度,"要是一个帅哥来夸你,你可乐意了吧!"

他越说越激动:"都不乐意回我话了呀?我说

错了吗？要是被美女骚扰，那是我的荣幸啊。"

在他的幻想中，女人的骚扰，是柔情蜜意的勾引，是反制，是欢愉。

吴壹言说："好啊，假阳具我有好几套，你习惯什么尺寸的？"

男友过来解围，让大家都少说两句。

许部长僵硬地笑了笑，说他不计较。

我碰了碰吴壹言说："这可能是他这辈子最硬的时刻。"

她让我想到姐姐。她们都魅力十足，虽然是出于完全不一样的理由。吴壹言像一幅永远干不了的油画，会把周遭的灰尘吸引过去从而毁掉自己。我甚至觉得，从相貌上很难区分她们——虽然男孩们并不这样认为，他们总是在区分她们，但我知道那些与她们的本质无关，她们之间没有真正能把彼此撕裂的区别。

吴壹言一点也不珍惜工作的机会。她说她得到这个机会完全是因为远航集团的错误，是因为男人们的恐惧，他们不知道如何在这个新世界里接着跟彼此干架、争大王。冷兵器时代已经过去了,他们需要更新、更漂亮的形象武器,于是就把女人招来,挡在他们的要害前面当护具,我们在他们眼中只是"防身卵巢"。

我喜欢她的粗鲁。的确,我们女性部门到底要干什么,我一点也不知道。

"那卡特呢?"我指的是他的思想,他那跟远航集团、跟不公正的势力的斗争。

但吴壹言误解了:"他的长相一般。"

"你觉得他长得不好看?"

"我是说,他是那种别人会说如果瘦下来就很帅的男人瘦下来的样子,他的长相缺少的不是美,而是希望。"

她这番刻薄的话让我的心产生了一次小小的裂变,这是一颗平静的心灵决定开始厌恶一切平常之物的时刻,这也正是我后来对世界产生的感受。在当时,我从没想过可以这样蔑视卡特的魅力,这让我觉得有趣。

几天后,卡特提出带大家去 club 里庆祝。没人知道远航的性丑闻是如何被一个小旅游博主意外发现的，也没人知道为何他要在对博大恰好的时机爆出，那个女孩的信息和远航集团愚蠢的公关让互联网狂欢得厉害。

我穿得很漂亮，男友想拉着我跳舞，我告诉他我来月经了，他又尝试了三次就放弃了，走时说了句："真扫兴。"吴壹言坐在了我身边，化着绿色眼影和黑色口红，告诉我她在试她的入殓妆："我们已经没救了，就在办公楼里等死吧。你知道他们搞舞会，搞工资，搞人体工学椅，都只是为了美化我们被累死的样子，对吧？我们也不需要奖励，人是注定要自我奴役的。不是累死在工位上，就是累死在公司楼下的健身房里，死的时候是幸福的，是自我提升的，但你别抱怨，至少他们还改善了你被累死的场景。"

我琢磨着她的意思，说："他们去清朝，都会给老虎凳加护腰。"

"他们去农场上对着奶牛放音乐，不叫对牛弹琴，叫音乐养殖法。"

"完全正确的、模糊的真理。"

"我讨厌这个世界。我讨厌一切。"她喝了口酒,"但我们不能蔑视痛苦和恨意,那是我们唯一拥有的东西。"

她突然大声说道:"我们来写一首长恨歌怎么样?来毫无道理地仇恨一切!你想到什么,就说说你恨它的理由。比如这个橘子,我恨橘子,长得一副天然水果的皮儿,里面却是加工食品的样子,一片一片分开包装,其实橘子就是一个糖水比萨。"

"还是裸眼 3D 的糖水比萨。"

"到你恨了。"

"我恨洗衣机,说洗衣机解放双手,解放个鬼,洗一件羊毛大衣要用羊毛洗衣液、羊毛洗衣袋、羊毛模式!用洗衣机洗一件羊毛大衣,洗完以后,衣还在,羊毛和大都洗没了。"

"我恨鲜花,我根本养不活花,天天在我家里等死,享受临终关怀,鲜花根本就是植物版的植物人。"

我们笑得喘不过气来。

她忽然把手悬在我的嘴上："我恨嘴巴，嘴巴就是被呕出来的胃，是消化道的凸起。"

我把她的手按下去，轻轻握住："我恨手，手就是手臂的流苏，甩来甩去，丁零当啷的。断指的残疾人才是健全的，我们的手是手臂干枯分叉了。"

她抬起头，看着我说："我恨眼睛，眼睛就是凸出来的一个球球，会痛，会流出液体来，基本上是你所有问题的来源，你的眼睛是你心灵的痔疮。"

我迎着她的眼神，拿起玻璃杯喝了口水。

她说："我们应该搞个喜剧团体。"

"叫什么呢？恨的教育？"

"简恨。"

3

笑着笑着，不知道为什么，我决定告诉她，有件小事也很好笑。

即使知道我们女人都是来取代他的，许部长

还是一直尽力教我们东西。

他相信温润谦逊的文艺女孩会超过那些自负的、跛扈的、一天到晚就知道把消费的证据视为品味积分的男孩。

所以呢，他会揉我的肩膀。当我埋头写作，或打工作电话时，他会走到我身后，一边教我写周报，一边揉我的肩膀。他的手指停留在我的锁骨边缘，游走，敲击两下，爬上我的脖子，嘴里嘀咕着，说很抱歉他给我布置了这么多任务，搞得我肌肉僵硬。

第一次时，我猛地产生了一种被打针般的紧张感，因为他的手指汗涔涔的，在我的皮肤上打转，很像涂酒精的棉签，预示着这几根小东西马上就要刺穿我的肩膀了。我不仅不知道该如何反应，甚至不知道该如何去感受，等到我反应过来，他已经离开了。

我在心里酝酿了好几天，等下一次他再来时，我要让他明白，他弄得我不舒服。可你知道吗？第二次他来给我放松肩膀时，我居然说不出准备好的那些话。我怕他问我上一次怎么不让他停下？是不是嫌这一次力度不对？我真的太蠢了，干什么都错过时机，在第二次拒绝，就好像我只是在抱怨他这次的按摩技法没有第一次的好。你说是不是太好笑了。

后来好几次，我都没有抗拒他的好意，还顺便整理了桌面。第二次都说不出来，后面几次就更说不出来了。就像你第一次跟人聊天忘记问那个人的名字，你就永远错过了问他名字的时机，时间拖得越久，你就越不好意思问，可能等你们结婚了，你都不知道他叫什么，只能等他死了，去墓碑上看一眼——原来我老公叫这个啊。而且，他的确没有碰我的隐私部位，他很注重边界感，上不会越过我的脖子，下不会越过我的锁骨。只是，在整理桌面的时候，我的手会抖，会碰倒水杯，我的肩膀缩在一起，我的言语萎缩成呼吸。我心里想着，千万别被卡特或我男友看见，让他们胡思乱想。我会被开除吗？我会不会就这样消失啊？他怎么会不知道呢？有谁会看不懂一个人缩成一团肉的意思？我有时会觉得有男人在后面偷看，我一转头，他就消失了，突然间所有男人都围在了我旁边，紧紧压着我。阳光刺在我裸露的胳膊上，我爸爸也在抱着小时候的我，叫我的小名，说忍忍就好了，好了哈。

她的表情忽然变得严肃："你有告诉别人这件事吗？"

我扑哧笑了出来。哈，我倒是想知道别人的反应，那可太有意思了！如果我跟人事部说，有人揉我的肩，他们只会问我怎么不在衣服上安垫肩？

我男友就更别提了。他总想保护我，但他从不保护我远离真正的危险，他的保护让人捉摸不定。他只能保护我不被打印机吸进去，或不错过居住证的办理期限，或不被他海量的知识吓破胆。他总是说，去冒险没关系，有保底的就好；辞职没关系，去挂个证就好。我跟他说，如果上辈子我们一起征战沙场，你一定是我的护裆。我不能让他知道许部长的事，那是生活中的真正危机，他一心只想保护我，要是知道了这么大的事，我怕他保护死我。

烛光在她脸上一跳一跳的："你知不知道，还有没有别人，其他女孩……"

我不明白那是什么意思。我当然明白，但这是我一直避免去想的事情。

"算了，多大点事儿啊。我总不能因为这个报警吧？"

"我会陪你。"

我窘迫地说："算了算了。"但没有停下来，"肩膀又不是隐私部位，对吧？"

她眼睛里淡淡的笑意突然不见了，陷入了短暂的恐慌，就好像她突然失明了，本来可以用眼睛看的东西，必须要用嘴说出来。她试探着说："肩膀不是隐私部位，但你是一个完整的人，你又不是由肩膀和隐私部位拼成的。"

我又扑哧一声笑了出来，可我第一次见到她脸上出现那么谨慎的表情，马上收住了笑。她想碰我的手，但迟疑了。她说，你会了结这事，我保证，你会拥有很长远、很美好的未来。

她说完，我就立即起身躲进了厕所里的隔间。没有逗留，可能因为担心女人在一起待太久了，月经周期会同步吧。

戴上耳机，轻盈的铝合金外壳，超大的振子动圈，使用混合主动降噪效果，把环境音开到最低，和这里的烦恼隔离开，整个世界又都是我的了。

她干吗说这话？

我不想蹲在脏兮兮的马桶垫圈上，就抬起垫圈，想爬上去蹲在马桶上，突然左腿一滑，直接踩进了马桶里。我深吸一口气，狠狠地把湿漉漉的脚抽出来，把靴子脱掉，用厕纸裹了好几层，然后小心翼翼地蹲了个马步，把尿排了出来。

穿上裤子的时候，我突然意识到自己的肩膀湿透了。我的脸也湿透了。我很久没有这么难过了。

我真讨厌这破马桶，我讨厌我的破工位，真讨厌我那把赫曼米勒的破椅子，所有这些给高大男人设计的人体工学椅，都是男人体工学椅，我坐在上面，扶手顶到了桌子，我的脚离地面很远很远，远得有点过头了。

卡特在舞池里晃着，我一瘸一拐地掩饰着湿漉漉的靴子，决定早点回家。男友见状，立即来护送我了。他当初迷上我，绝对不是因为他崇拜我之类的，反而可能是因为我是办公室中最不起眼的那个女孩。我想，他在爱情中可能有罗尔斯式的社会道德观，希望最弱的人得到最强的保护。当然，他没有恶意，但是我相信，他并不明白自己这种绅士之举打哪儿来，要往哪儿去，能把他送往什么极乐之地。

不是我需要他，而是他需要我，他看我一眼就能生出柔情来。

我想要脱离他的保护，必须让他看到一个更脆弱的拯救对象。也许他护着我下坡的时候，看到一个甜瓜在往下滚，他才会立即把我扔下，护着甜瓜一路滚到底，从此不见踪影。直到多年后，人们也许会看到他变成流浪汉，自己给自己扔钱，自己护送自己回桥洞，自己拯救自己，也许那时他才会幸福。

男友跟在后面，冷风灌进他的高级外套，我在前方吸引着他，就像挂在驴头上的那根胡萝卜。

每天，只要他提出邀请，我就会去他家。我喜欢他家的整洁，喜欢被一个我不渴望的人渴望。只是他的动作总是太轻柔了，他似乎对他的真丝床单更有保护欲："我没法着力，90姆米的真丝太滑了。"很多时候，我还是得拿出振动棒，惹他不开心。

他帮我脱衣服时，没有注意到我的湿裤子。我搬出去以后，他有些受伤，所以每次亲吻我的动作都沾上了悲伤的味道。当他的眼睛垂下来，望着我的时候，我觉得他多么可爱啊！

可我知道，我的古怪让他觉得丢人，他想要纠正我。他觉得我的人生走入了各种岔道，就像在走钢丝的时候，下面不装保底的网。

第二天早上，我清洗自己的时候，第一次发现他在我的脖子上咬出了吻痕，那些红色的印子很快变成了恐怖的青紫色。我赶紧去买了一瓶廉价的深色粉底液，把那些大虫子般的青印子遮住。

4

吴壹言从女厕门口的队伍中挤出来:

"妈的,这个鬼地方,能让女人单独待着的地方只有男厕所。就好像我们拉屎都必须互相监督才能拉出来似的。"

她把我拉进了一间会议室,卡特、CEO、人事部的仲言、公关部的刘书琪和男友都在里面等着。看得出来大家已经知道了这事。卡特先开口了,他支支吾吾地对我说,这事肯定是要调查的。

仲言在旁边说:"姑娘,我大概猜到你在说谁,我已经跟他聊过好几次,让他别喝酒了。"

"就是许部长。"

仲言有点窘迫,他总是扮演息事宁人的角色,觉得只要语气能拐弯,世界上就没有拐不过去的弯:"我们能怎么着他呢?他都一把老骨头了。"

"他才四十几。"

仲言用怯怯的眼神瞟着吴壹言,说:"他的确是没有分寸感,胡乱找刺激。下次啊,你记住,如果他还这样做,你就喊出来。"

吴壹言说:"他要想找刺激,不一定要到处捏人啊,可以捏住自己的尿道,然后突然放开。"

仲言把手轻柔地放在了我肩上。

每个人都看着我。这种话很容易在你心里留下点什么,的确,可怜可怜他吧,他的生活里没有任何值得激动的事情了,他是一个被产业淘汰的人,而你,年轻,有书读,有希望。

卡特请人事部长先出去安排跟法务的对接工作,然后说:"我觉得,我们可以想办法先让他停职。"

刘书琪说:"不,我们不能在系统里留下痕迹,任何记录都会被他们查到。"

我笑着问:"那能怎么办?把我们隔离吗?要不给我加个垫肩?"

"我们已经让两个红圈律所在跟进这事了,"卡特的声音很干涩,"许部长在公司德高望重,公司也没有相关的处理经验,我们必须要谨慎⋯⋯"他的头发微乱,泛出金棕色的光泽,看上去年轻得可怕。

"什么德高望重,他只是出版了一本教人如何发家的书,就跟育种书一样。"吴壹言打断了他。

"你们明白我们这场公关战的局势吗?"刘书琪身材矮小,但喷出来的话却十分响亮,像恶灵附体,"远航集团之前就一直找关系,试图直接吊销我们的执照,还跟银行勾结,威胁我们的股东,这时候我们把这事捅出来,相当于给对面递刀子。现在唯一能掐住远航集团脖子的就是他们的性丑闻,你们想怎么做?出来说,没事啦,其实我们这边也有性丑闻啦!看啊,两边都是变态呢,而且他们那边还是个正经变态,我们这边是个掐脖子河蟹!这件事情对你们来说不大,但是对公司、对卡特老师的计划来说都是致命的。"

男友终于字正腔圆地说:"难道就没有真正完全合适的时机吗?即使事情不大,我们也必须伸张正义。"

卡特赶紧说:"当然要伸张正义,没人说不要,书琪老师只是在说要好好谋划,商量。"他转向我:

"你想要什么？你想公开这件事吗？你真的觉得这会有帮助？我知道这听起来不公平，但我觉得，你的委屈……你的正义会反过来侵蚀你。网络不喜欢严肃的东西，而你的事恰好不严肃，你会被嘲笑、被误解、被侮辱；你的痛苦，是重要的，但也是滑稽的。一旦事情失去控制，你觉得互联网是会帮你呢，还是给痛苦代劳呢？"

"我不想给博大计划带来麻烦。"

"讽刺的是，在公众眼里，许部长就是博大，也就是你，是你的名誉，是几万穷苦数字劳工的生命，我们不能放弃远处的胜利。"

"所以为了这场远处的胜利，我们要准备多少根脖子？"

卡特忧虑地说："我担心的是，在这个节点，你的隐私会成为对面的武器。"

仲言说："是，很容易想象你会被描绘成什么样。"

我心里一紧，困惑地说："我的确担心，他会说这只是脖子。"

吴壹言坚定地说:"但我们要让他知道,她是真实存在的,不是一个代价。"

大家沉默了。

吴壹言站起来说:"要是不处理他,我就走。"

卡特冷漠地扫了她一眼,吴壹言窘迫地坐了下来。

男友挤上前,提高了音量,但目光却游离在我周围:"至少让他道个歉呢?他到底做了什么?只是捏肩膀和脖子,还是碰到了这些以外的地方呢?"

刘书琪问:"他到底碰到多少你的脖子?"

"你的意思是,多一点肉很重要?那要不按颈纹来算?摸到第一条颈纹怎么样?还是第二条?太过了?1.5条?我的颈纹深,正好可以当脖子骚扰刻度线。"

吴壹言趁机说:"很荣幸参与计算女人应该被侵犯的程度。"

"我不是让你算颈纹。我只是想问,是不是只有肩膀。"

"一个肩膀加半斤脖子。"

"你还是个强壮的女孩,到时候他们起个标题'博大计划站在巨人的肩膀上'。对不起,我没有说你太壮的意思。"

男友说:"也许我们可以顺势自曝?这样就可以两头都顾着了!我们自己先承认这事,就说已经处理好了,毕竟这只是脖子?"

"大家冷静一点,卡特说得对,就是因为只是脖子,把她放到互联网上,我们会被网哏狂欢淹没的,那我们之前所做的一切努力都白费了。"

然后他们谈到了阶级问题的复杂,许部长其实是很有实力和想法的,毕竟他从一个年轻卡车司机一步步走到现在部长这个地位。但他那套底层的思维跟大股东的理念合不来,现在又是新气象了,本来也不可能再让他管事了,但如果因为这事,被亮亮堂堂、毫无尊严地赶走,他想不开怎么办?他虽然粗俗,但我们得看到一部分的压抑和不公正背后的深层历史原因。其实我们已经看到历史了,不是吗?一切重要的改变最终都被抵消,被淹没在庸俗里面,被转移了注意力……正义就是这样,搅合搅合，最终，重要的东西就会沉淀下来。

吴壹言提到了女性主义，她断言还有别的受害者。

卡特打断她，说你不要用这种大词，我们不需要用抽象的方式讨论这个问题，这都是真实的、具体的人。

他们的语言越来越晦涩。他们不愿意承认，他们在心里对我很生气。我们作为精英年轻人，应该极力避免去空谈什么主义。在攻击远航集团的重要关头，我们应该去关心劳动者之间的阶级矛盾、权威与资本主义的关系等影响更广泛的事情。

我忽然觉得很饿，想起我那窄小的电梯卧室、淅淅沥沥的水龙头，还有我那臭气冲天的冰箱里剩的半块米糕。

把我放在互联网上，这个说法可真有意思。我幻想着从自己的脑子里爬出来，穿过那个破房子，变成一个二维的小人，或者成为数学上的一个点，这样难道不就可以拥有一个广阔的世界了吗？我在上学时就一直不理解这个概念——数学上的一个点，只在理论上存在，不占用面积和空间。

我慢慢伸出手,没有人注意到我。

当这些有才华的、成功的、充满社会责任感的男性意识到我们的手并不在等着为他们鼓掌,而是在等着做事——做对我们自己有意义的小事时,他们如同鞭炮一样炸开了。他们表现得就像进步是一种带有耻辱性的属于精英阶层的特权,谈理论、谈主义都是没有自知之明的,作为底层读书人的进步代表,应该极力避免。

啪啪啪,我猛地鼓了三次掌,然后一只手高举着,对办公室里吵吵闹闹的这群人说:"算了吧,我不是待拆的礼物。"

男友的脸上充满疑惑和失望。他的内心多么痛苦啊,他彻底失去了保护我的机会,没来得及抄底。

5

三天后,卡特通知我,由于我的贡献非常大,他们决定让我代替吴壹言,和他一起去做这个项目的媒体汇报,并把我提升为组长。

我没有在公司看到吴壹言。

但在这期间,我已经写好了我们第一个喜剧短剧的情节。

  演员:我饰演女人,吴壹言饰演人事。
  地点:办公室。

"你报告他侵犯的事情,留证据了吗?"

"这怎么可能留证据呢?"

"那有人看见吗?"

"我不确定。"

"那我问你,你那天穿的是什么衣服,是性感短裙吗?"

"你是在怪我穿得太性感了吗?"

"我没有别的意思,我只是想到,仲言也许能帮上忙,如果你穿的是短裙,仲言也许拍到了你被摸的证据。"

"他怎么会拍到证据?"

"因为他专拍人裙底。"

"哇，这可太厉害了，咱这儿的骚扰男还相互制衡。再来个在墙上钻孔搞偷窥的，搞个三权分立吧。"

在公司举办的媒体会议上，某个流媒体公司的老板、伦理委员会、媒体和一些官员都出席了。卡特坐在我身边，西装是 Tom Ford 的，领带用一个金色的扣子紧紧卡在衬衫上。

从落地玻璃门看出去，能看到那面荣誉之墙。我只看到了一群微秃、瘪嘴的男人的头，从远处看简直是一百个网球。这些秃顶网球贴在各种荣誉墙、公告牌和书籍扉页上，这个 ☻ 简直是现代的巴洛克纹饰。清一色无神的眼睛和僵硬的微笑显示着，他们在享受名利之时饱受名利困扰。

这些前辈穿着体面、眼神躲闪、叽叽喳喳，知道自己的才华寄人篱下，成就依赖数万名被压在下面的具体的人。他们内心自卑、羞愧，所以他们的语言一定是非常有讽刺性的。

不管你多努力，你在他们眼中的价值就是那样。我们没有盟友，我们肩上一直压着普遍的、侵略性的大手。

在一通无聊的介绍后，观众里一个女人突然大声说："你们公司也出现了性骚扰丑闻，请回应一下。"

一个已经离职半年的姑娘匿名写博文，说她遭遇过某资深员工的捏肩和强制猥亵。在她上报性骚扰事件以后，当事人不仅没有受到任何惩罚，还对她进行羞辱。那个观众掏出一个音箱放录音："他当着所有人的面，拿着纸卷戳我肩膀，说我没有想碰你哦，欸，你这样是不是就舒服啦？那我以后要派任务给你就都用纸卷好啦，行不行？不行的话，你记得跟人事说哦，说你不让我用纸卷碰你哦！"

两个保安想把那个观众请出去，可她抱着音箱护住了自己。所有人都开始打电话，我隐约听到咒骂远航集团的声音。

卡特支支吾吾地说："你们无法查证这篇博文

的真实性。"

"你是在否认这件事吗？"

卡特慢慢地站起来："坐在我身边的这位女士，就是受害者之一，她决定不顾舆论攻击，勇敢地站出来为女性发声。"

我看着卡特，双腿发麻，怎么也站不起来。

卡特把我扶起来，对着全场扫视了一圈，让我一起接受所有镜头的注视。

就好像我是他的防身卵巢、雌激素喷雾、外骨骼套装斜挂一串女性主义烟幕弹。

这是女人唯一有用的时刻，我们成了他们的"娘炮"。

而我无法解释我为什么会说出接下来那句话，可能我早就准备好了，我的一生都在等待一个被利用的时机。

我颤颤巍巍地张开嘴，说了一句："请关注我们的社交账号，简恨。"

我知道在他们眼中，我的脑子出了问题，我的躯干像虚弱的路灯，我的眼神像淋雨的小狗，我的心放错了地方，我傻气的马尾辫像插进了脑子，造成了一道贯穿伤。

在我的老家，我从小就是这样长大的，顶替着别的女人的机会向上爬。

我是说我爱我的老家，我不敢说它的本名，先叫它圣城吧。

怎么介绍它呢，它是一个很包容的地方，你都不用下飞机，舱门就会被绝望的压力吸开。

简单来说，一个成功的圣城女人，就是一个能成功离开圣城的女人。

家乡对我有生养之恩，但我在里面的每一秒都想着死。

家乡要女孩子安安静静的，从保温箱，到技校，最后到安置房里，都少说两句。

我烦人的表姐在网上看到我的视频，要我赶紧回老家结婚、买房。她刚结婚时邀请我去了她的新房，那是一套采光不足，充满化粪池臭味的房子，塑料家具凑合地摆着。她坐在一块红布帘后面，像在唱随意搭出来的一台戏。

很快我们就无话可说，然后她告诉我圣城发生过这么一件事：圣城主要的街道本来要建一排漂亮的住宅楼，但有一年，领导提前来视察了，他们来不及沿路建一排漂亮的楼，所以就沿路建了一排漂亮的墙，在上面安上窗户和盆栽，假装那是房子。

有一批人买房买到了一面墙，至今还在等其他三面。

这些房主想要维权，还好这事顺利解决了。他们想跳楼，没法跳，因为没有屋顶；想上吊，没法上，因为没有天花板；想躺地上喝药，没法喝，因为没有地板；想开煤气，没法开，因为没有其他三面墙。

万幸，万幸。

但老家也对女人有致命的吸引力。墙也是房子，房子也是墙，堵住一切。

她们的眼睛亮晶晶的，刚出生的时候还会哭，后来就不哭了。

她们落地即是孤儿，别人上学的年纪，她们

去水坑里玩,背上鼓起的蚊子包就像希望一样痒,怎么也挠不着。过了几年,她们长大了,结了婚,找了份离家近的工作,蚊子包早就不痒了。

离开圣城时,我在高铁站的肮脏厕所里看到一句话:"你这么痛苦,为什么还在这儿?"

凭什么让这事破坏我原有的人生秩序?

许部长放在我肩上的手,确认无疑,是一只与我的手没有任何相似之处的手,它属于一个掌控者。

6

会议结束后,为了庆祝暂时的胜利,卡特领着大家去旁边吃昂贵的牛排omakase大餐。我们来到餐厅,从窗子看下去,阳光终于越过了我们这片金融中心。红彤彤的太阳落在了旁边穷破的拆迁区上,几块砖红色的瓦片在寒风的撕扯下,毫无反抗地坠落了,剩下的瓦片贴住歪斜的房顶,在阳光的炙烤之下变硬了。这栋大厦显得那么崭新、庞大、无个性。

　　三天前，表姐忽然说起她女儿，我不确定她是说给我听的，还是说给自己听的。表姐在和家暴的丈夫离婚后，就一个人带女儿。那小姑娘我几年前见过，那时还像块可爱的土豆。她说她女儿特烦人，我想可不是嘛，你生出来的小孩肯定是双倍的烦人。她接着说，她女儿就是个破锣嗓子，生下来就聒噪得不像个女孩，漂亮是漂亮，但是不安分，两岁开始就在院子里从天亮嚷嚷到天黑，不知道的还以为谁家电动车被偷了。她做梦都许愿她女儿赶紧懂事，安静一点。圣城人对女孩安静的期待很早就有了，大胖小子生下来才要大哭大闹，女孩子生下来最好连呼吸声都要是微弱的。好不容易熬到幼儿园开学前，她想带女儿去见见世面，结果刚上高铁，女儿就开始撒泼打滚，一直嚷。前座回头瞪了她们好几回，嘴里嘟囔着这个妈怎么当的，她只好掏钱买了火车上的玩具赔礼道歉，结果前座没收，被女儿抢了去，嚷得更厉害了，还拿火车玩具戳她的脸。她举起手打了下去，女儿的脸扭成一团，哇哇大哭。看着那张小小的丑脸，看着前座拿手机拍她的视频，她觉得自己快要疯了。后来到了景区，女儿似乎把这事儿忘了，扯着嗓子喊妈妈你看妈妈你看，她看着女儿摇摇晃晃的小辫子，心里又开始许愿。你说，为什么有时候感觉，生活像是一种惩罚呢？

幼儿园开学后，她终于落得清净，可以在店里待更长时间，她找回了生活的干劲，经常忙到去接女儿回家都迟了。女儿也似乎长大了，不像以前那样闹腾。直到那天，她赶到学校，看着班主任和几个老师给女儿披着毯子，用死寂一般的眼神看着她。女儿很安静，非常安静。那个男人没有受到惩罚——因为没有证据，到哪里去找证据呢？他们说："可能已经有一段时间了。"他们就是这样说的，没有主语，没有动词。三次上庭，每个人都问她女儿发生了什么，那个禽兽对你做了什么，女儿不说话。他有没有单独带你去杂物间？女儿不说话。你还记得什么？女儿只是哼唧几声。后来，浅浅的伤口也愈合了，女儿还是很安静，非常安静，那种安静让她快要疯了。她第一次觉得，女儿的安静让她无法忍受。她半夜抓自己的脸，希望回到那趟高铁上。

卡特坐在那儿，跟另一个男人讨论着手边的一堆书。他在书堆里看上去晕晕乎乎的，像一只吃树叶吃嗨了的考拉。他还在吸书毒吗？那个图书编辑会不会是他的 dealer？

不一会儿，餐厅热闹起来，桌上摆满了浅盘，盛着意大利红酒牛肉酱配帕玛森芝士泡沫、酸奶酱鹿肉蕨菜配杧果片、深海鱼配柑橘腌鱿鱼和黄金鱼子酱，还有肉汁馅饼配绿番茄沙拉和日晒葡萄干精华，红酒也在玻璃瓶里醒着了。男男女女聚到厨师面前，嘴里嘟囔着他们能看出来的所有东西。

大家刚坐下喝了几杯，卡特就说要去赶下一个局，起身去了洗手间。男友也起身嚷嚷着组织大家给卡特老师找好外套。

厨师正热热闹闹地在背景里准备一块美味的高级战斧牛排，他在跟几个抻着脖子的年轻人介绍,这种级别的牛排,要先放在锡纸上揉捏十分钟。他的肉手指在粉嫩的牛排上游走,只有这样揉捏过,牛排丰厚的汁水才会被锁住,这道独门工序,叫"醒肉"。

服务员拿来所有人的外套,可分好之后,怎么也找不到卡特的。

男友把所有外套翻了两遍,还是没看见多余的外套。服务员来帮忙,可男友也想不起来卡特外套的样式。服务员小声说:"是不是有可能不在这儿?""你什么态度?这件外套很名贵的。"

大家晕晕乎乎地扫视了一圈,男友拉着厨师着急地问:"卡特老师的外套呢?"

有人打开手机手电筒,在桌子底下探视了一圈,一无所获。

男友的脸涨得通红。"应该是黑色的,一件黑色的薄外套,有人看见吗?"

大家都放下刀叉,四散开来找外套。

男友让大家打开自己的手提袋翻来翻去。

他们找遍了全屋子,然后又去外面找。他们

焦急、烦闷，酒也醒了，对着服务员大吼大叫。

此时卡特结完账回来了，男友非常抱歉地对他说，没有找到他的外套。

卡特愣了一下，嘟囔着说没事。

外面不知道什么时候开始飘起了冷雨。男友把自己的外套递出去："外面这么冷，要不穿我的？"

卡特的脸上露出了不悦，但只是低着头，没有说话。

"卡特老师，你拿去吧，说真的。"

卡特发出了一声嘟囔："我没穿外套。"

"怎么可能？"

卡特恼羞成怒地说："我不用穿外套，我有司机送。"

所有人都很尴尬地起身送卡特离开。我看着那块醒好的牛排，突然控制不住地爆发出了几声难听的大笑，然后说："有钱人不需要外套，从发布会到别墅，连真皮层都是恒温的。"

卡特踉跄了一下，但没有回头。

那些男人围着他，像一群企鹅一样挡着寒风

走向卡特的车，每个人看起来都很迷茫，他们什么也没有了。

为什么你们一生下来就幸福得大哭，而我们一张口就得开始辩解？

我想，卡特喜欢我的脑子，许部长喜欢我的脖子，男友喜欢我的下体，但我没有办法把自己拆开，分别讨好他们，我只能把这些讨人喜欢的部分拼在一起，缝合成一个弗兰肯斯坦。这样说来，弗兰肯斯坦是由女人创造的就不奇怪了。我和她一样，不知道自己是谁，觉得自己不属于这个世界。我们连起来都不是一个完整的人，而是一地碎片，一个优选版的女怪物——不是拼好了自己再去讨人喜欢，而是直接用别人喜欢的碎片拼成一个自己，还在困惑，为什么你们不接纳我呢？不是你们创造的我吗？

我也走了出去，朝吴壹言家的方向走去。那块被冷落的牛排，柔软、汁水丰富，是一块准备了很久的肉。我过去的全部人生都在用来做准备，而我现在不想再当一块被准备好的肉了。

漂亮男偶像

1

一个漂亮男偶像是怎么迷上她的,吴壹言自己也想不通。

那时我们的剧团才刚起步,她工作到深夜,下午醒来后出去跟不同的男人约会,她把他们称作"积极生活的预防措施"。她结识了很多伴侣,随机排列他们的陪伴时间。一个夏天过后,多数男人像伪装自杀现场的冰块一样融化消失了,只剩一个性能力很强的男人还在她身边。他离不开她,而她离不开性,她想着要把性做好。

在剧团的盈利方面,吴壹言陷入了持续的惊

恐。终于有一天,我们一边喝粥一边算账时,她把她的恨意转移到了那群刚火起来的漂亮男孩身上:"他们把我们的美妆广告商都抢走了。"

每看到一个男偶像的性犯罪新闻时,吴壹言就会发表类似的评论:"这样的人,凭什么来抢女人的工作呢?"我则会在旁边记录她的评论。等记满一页纸后,她的进攻开始变得主动且带有动词:"已经有这么多进局子的了,他们还不如直接把训练营宿舍改成监狱,在里面做文艺汇演,还算得上是不忘初心。"

郊区下着淡绿色的小雨,气派的影视基地里堆满了方方正正的录影棚,跟一头头死猪一样卧着。一排配备司机的黑色奔驰 SUV 一齐向着一辆巨型电视台转播车朝拜。一切都方方正正,连司机和树都清一色地剃了平头,有序地向前挪移着。

广告商空窗一个月后,吴壹言扬言自己改变了主意,她已经以博大记者的身份试着私联了这家小型经纪公司里的每一个男偶像,要去学习一下他们到底有什么可取之处。

在气派的大门附近转了半小时，她才意识到自己走错了，绕过一个污水厂后，她终于看到了练习生们歪歪斜斜的宿舍楼。楼很脏，墙上铺着看不出颜色的瓷砖，窗台上挂着一排腊肠和几件破旧的内衣，下面放着几盆半死不活的植物，都快化成齑粉了。她敲了半天门，才有一个保安探出光秃秃的脑袋，看了看她的假证，显然不相信她，但还是挥挥手让她进去，接着看手机上的多巴胺刺激物去了。

她在只有一扇小窗的候客室里待着，从小窗看出去，旁边的工地还在慢慢施工，传出冰川崩裂般的旷远声响。突然，一股灰尘味泛起来，她抬头看，一个庞大的身影从走廊尽头挤了过来。和照片上一样，那个男孩的脸的确让人产生一种满意的感觉，骨骼精致，皮肤紧实，化着淡妆，一双浓黑的眼睛温柔地望着人，使她想起"风华绝代"这样恶心的老词。但在这张精致的脸外圈，裹了一层卫衣帽，再夹了一副肿瘤似的银色巨型耳机，又裹了一层肥大的巴黎世家羽绒外套。他一拐弯，后头甩出三个人——艺人统筹、助理和执行经纪人，都是他们全队共用的，打扮得简直一模一样，搞不好是他家的三胞胎舅舅，齐头并进，一起从产道里滑出来了。

男偶像安迪那时还是个无名小卒，却那么气势汹汹地出场，一坐定，双腿立即岔开，双手软软地合在一起，捂出一个菱形。

后面的三胞胎快速问候了吴壹言以后，立即强调安迪老师今天刚拍完一个大广告，马上要去训练。

他们的装腔作势让她恼火，但她还是耐心地开始介绍自己的假专题，从假的主题、假的版面和假的资源位聊到假的赞助商。

安迪用焦虑的语气打断了她："我只想先问问，我们团这么多人，《博大特刊》为什么选择了我？"

这语气在她脑中产生了某种化学反应。"因为你有别的偶像没有的东西，"她面无表情地说，"那就是档期。"

安迪脸上的笑容瞬间冻住了，立即转过头，

对着三胞胎可怜地询问他的档期是怎么回事。真是傻得吓人。

吴壹言赶紧说,您先讲讲自己的故事吧,只管忘记我的存在,展示一个真实的偶像的样子就好。

他便乖乖地开始讲他的奋斗故事:严厉父母的期望啊、目标啊、梦想啊、严格的集训啊,讲得很流利,但是了无生趣,毫无激情。她从中听不出任何真正的痛苦,听不到任何值得记下来的东西,也没有得到任何关于赞助商的信息,只觉得他躲在一个人形立牌后面,一直在从那件名牌外套底座里充电呢。吴壹言开始琢磨晚饭吃什么,就站起来说采访差不多可以结束了。

安迪愣住了,突然露出点口音:"你不是助理,是主编本人吗?一个女孩子家?"

三个"舅舅"听了这蠢话也毫无反应,埋头玩手机。

"怎么,您有什么担忧呢?"

他赶紧用普通话解释:"没有,我是担心,请主编来是不是更合适？你知道，你就这么随便采访，我怕博大不打算花多少笔墨在我身上。"

"女人就不能写作？灵感又不是睾丸分泌的。"

他又没听出这是个玩笑，睁大了眼睛，嘴微微张开，似乎等着三胞胎给他塞进去一个恰到好处的辩解，发射到她脸上。正僵持的时候，不知道三胞胎收到了哪个更重要的人的消息，居然摇摇头，撂下他转身就走了。她心里一紧，低头用眼白瞟着这个漂亮男孩。但他似乎习惯了这种抛弃，只是把脸转向她，用他锋利的下颌把这事儿翻篇了，要求接着采访。

她想，这男孩还有点意思，便说："你很好看，而且你的好看不是那种死板的好看，潜力无限。"

她这么一说，似乎是按对了这台录音机的按钮。他抬起头，突然站起来，咽了一口口水，问她是不是饿了，他要请她吃饭。吴壹言想着他请吃饭好啊，一定是高级餐厅，就答应了。结果他领她到满是工地围栏的门口转了一圈，俯身钻进了一家路边摊。她想，这是他屈尊俯就，展示亲民个性的舞台。那儿卖的是牛肉生烫，支着透明的棚子，顶灯一打，照出招牌上写的"现做特色榨菜"，但桌子下面就堆着一箱箱的团购榨菜，只往桌下藏了一厘米。牛肉非常油，她却很是喜欢，她从没觉得路边摊这么香，像是有人给她下了迷药。吃到了自己喜欢的东西，却第一次有种无措的感觉。她看着他，问公司怎么允许他吃这么油腻的东西，结果他说："我的老板可不是公司。"

"那是谁？"

"是我未来的粉丝，14亿中国人！"

"你这么招人喜欢？"

"活着就这么几十年，得招人喜欢！"

他接着说话，内容依旧无趣，但他逐渐开始模仿她的用词，用一种天真的、轻佻的，几乎是讽刺性的乐观谈论他的未来。

他躲着她的眼神说话，怕自己说出的话不成体系，因此只说很短的话，最后还要得出个道理，但都是世界上已经存在的道理。

她顺着他的话一用力，他就碎了。

他讲到公司对他很好，因为公司借给他钱买奢侈品衣服。

队友之间的感情也很好，因为他们不知道彼此的家底有多少。

未来很有希望，因为他们的工作就是给人带来希望。

她觉得他就像盐水花生一样，壳一碰就开了。

天暗了下来，路灯亮起来了，气氛缓和了很多。街边的棚突然吵吵嚷嚷，他们看到一堆人围在门口，其中有一些人还捧着花，人堆中间在发光，看不清是围着谁。中间的几张脸被照亮了，很年轻，吴壹言只看见他们扑向一团火。安迪说那是最近大火的男偶像团体，他们收工了，正跟粉丝见面呢。他们一起看了一会儿，半天没说话，等回过神来的时候，安迪已经去找服务员点了啤酒和第二份半价的小菜。嚼蒜头的时候，他说到未来的愿景，说红了以后要签KG公司，机会合适可以去海外发展，接巴黎世家的代言。吃饱了以后，他开始嗑盐水花生，说他很有信心，因为他已经积累下一个忠实粉丝了。有个胖姑娘每天都来看他演出，观众互动的时候，她说她是哲学研究生呢！她来劲得很，白天去餐厅打工，晚上非得翘课来看他演出。吴壹言露出惊叹的表情，他便来了劲，接着她的表情说，前几天他又见着那个女孩了，按理是不可以私联的，但他免费跟她聊了两句。那姑娘一开始甜甜蜜蜜的，说他的演出对她来说不只是唱歌跳舞，是让她对这个世界更抱希望的理由，说这话的时候她眼里闪着泪光呢。谁知道她接着说，为了攒钱每个月买他的见面票，她受不了饿肚子，开始去夜场挣钱了。胡说八道！那还不是胡说的？那书不就白读了？夜场，说什么在夜场打工，我的演出也是夜场啊，那她不就看不了我的演出了吗！而且在夜场那种地方混，需要机灵劲儿的，笨成她那样的还能行？我嫌她不真诚，叫她别来看我了，看什么看！

"你真这么说了？"吴壹言问。

"我最后没说出口，我改口说，以后看我演出就别花钱了。"

"那还行。"

"但我还是没说出口。不是钱的问题!不是的,主要是,我应该没有这个权限!到时候我们经纪人又要说什么权限问题、流程问题之类的。"他崩开一罐啤酒,"不知道我是中了什么邪,非得说点什么,我又不欠她的。最后啊,最后我就一直跟她聊些有的没的,她就走了。她们都这样,嘴说干了就走了。还好我没说出口,那哪能行啊?以后我演出,下面坐着的全是一群学哲学的,还免费看!都是钱啊,我们全都被钱搞生分了!但也不是钱的事,是她自己非要那样做。"

吴壹言沉默地崩开一罐啤酒。

"干杯!等我红了,这些事都会到头的!我的粉丝都可以免费看我演出,她们都会开开心心的,不会像她一样,"他的脸上又露出了那种可怕的希望,"不会像她一样,去夜场……把知识还给老师!"

他声音很大,惹得隔壁桌的客人回头瞪他。她吃了一口牛肉,才开口说:"她们看你表演的时候，是一群女孩，一群被你宠爱着的女孩；但当她们出了剧场，就成了一个个人，个体的女人，每个女人都要为她们的选择负责。她们被你解放了，都自由了，自由地成了给你换钱的东西，你却觉得这对她们有好处。因为她们光是看见你，手就合在一起，心就跳得厉害。"

他脸上的肌肉一跳一跳的，努力露出笑容："哈哈，你这话说的，把我说成什么人了？"

吴壹言也觉得有点尴尬："没有，我夸你呢，我是说，看你充满希望的样子，她们才能有希望啊！"

他吸溜了一口啤酒："那主编姐姐，你是怎么做到这么成功的呢？"

她突然觉得疲倦，不想再讲话，只说："我不过是文字工人罢了。"

他说："你和工人可不一样，你可不是那种没文化的人，哪像我一样，不爱读书。大杂志的编辑，可是人上人啊。"

她的耐心已经到极限了："你现在就压在很多

人上面。你赚够了钱,还是可以去读书啊。"

安迪笑着说:"那当然,我还是很有信心的,都会好起来的,这日子可真好啊,你说是吧?"

路边摊里在炒辣椒,烟火味飘过来。

"主编姐姐,你有什么建议给我吗?"

她想了半天,只说:"你的妆可以再浓一点。"

有人进来,一群差不多好看的男偶像在逗一个矮个的男孩,他们这群人的存在让安迪的美都暗淡了。安迪看见他们,先是愣了很久,然后脸变得通红,起身去打断他们,他们就不折腾那男孩了,而是跟安迪打起了招呼。

安迪对每一个男孩都点头,说这是博大的主编。他们寒暄了一会儿,落座吃饭。

那个矮个男孩黏着安迪说:"哥,你要不先别吃这个了,我羽绒服沾着味儿了。"

"你走吧。"安迪说。

"我是说,穿臭了,怕你下次穿难受。"

"嗯。"

"哥,什么时候还给我呢?"

那群男偶像招呼安迪过去坐那桌，安迪便示意吴壹言离开。

吴壹言走出摊位的时候回头看了一眼，这个18岁少年的昂贵羽绒服的条纹连上了油腻地砖上的纹路，经过了那个16岁男孩，一直顺着地板收束到了那个60岁服务员的竖纹制服上，最后连到了那些漂亮男孩磨损了的脸上。

2

吴壹言回去写了三天三夜，但最后她没有写出任何满意的东西。她从安迪身上感受到了某种写不出来的东西，一种明确的不安。

第二次见到他时，安迪已经变成了另一个人。

自从那次见面以后，安迪一直把自己关在排练室，练歌练舞，沉浸在旋律里，只期望努力有成效。一个月后，努力没有成效，却有了回报——十条演出视频中，有一条小小地火了。在那条视频中，他加重的妆容恰到好处，衬出了他富家公子般的气质，艳丽的眼妆搭配傻子般的肢体动作，构成了一个人体奇观，让他空降视频网站热搜。一些平价睫毛膏和护肤品开始点名找他做推广了。

"前途无量，下一步准备公演，演得好就可以去综艺，明年就会被KG公司签约了。"听到别人这样说，他的脊椎骨一块一块拱起，顶起了他高傲的头颅。他走出了臭烘烘的排练室，获得了自由。但这种自由只是名气自由，不是表达自由，更不是人身自由。

他意识到，自己想再见到吴壹言，他成功的支持者。

吴壹言笑着对我说："他又约我见面，这个一直被保护在无菌室里的男孩，把我当成一个好玩的病菌了。"

第二次见面是大经纪人来联系吴壹言的，说要请她做安迪的自媒体顾问。

她依然在那个候客室等着，那里多了一张沙发，但沙发套被拿掉了，露出了海绵。过了一会儿，大经纪人进来了，他是一个紧张兮兮的中年男人，梳着三七分油头，手已经搓热了，准备跟她大握一通。

大经纪人毕业于清华大学，厌恶透了庸俗的商战丛林，同期们都涌入顶级咨询公司时，他只身跳入了娱乐业之海，企图发掘那些不得志的漂亮男孩。这太刺激了，刺激得让他几年来一直哆嗦。在一帮潜力可疑的男孩中间，他尽力普度众生：办了一个毫无希望的经纪公司，每年按极其严格的标准签两三个少年为旗下艺人，不发工资，只给他们介绍演艺圈的规矩；办一个有烟有酒的拜师会，在会上哆嗦，在会下哆嗦，散会后还要在男孩们的拥抱中哆嗦，最后回到家去在酒瓶堆中哆嗦。他不能停止哆嗦，一旦停止哆嗦，他就会看清眼前那个清晰的现实。

虽然公司在他的管理之下连年亏损，但在会上最受激励的就是他。男孩们心疼他，每年会凑钱为他过生日，在塑料板前面，他让男孩们跟他合影时摆出心形的姿势。

他平等对待这些孩子，在才华上一视同仁：

他喜欢有才华的孩子，也喜欢没才华的孩子，他唯一不喜欢的是父母很穷的孩子。他一直躲着那些生来就注定辛苦的孩子。他倒不是真的看不上那些孩子，只是觉得没法在心灵上靠近他们，他和他们站在一起聊生活的时候，没法把生活说得太舒服。

有才华的男孩可以提前回宿舍，经济情况不好的男孩一晚上都要微笑，把手举高，跟另一个男孩在镜头前一起拼成一个心形。

大经纪人迫不及待地要吴壹言知道他的勇敢，他的两只手随时都准备弹出，又短又胖，垂在胸前，兴奋地涨红了，就像涨奶母狗的乳头。

她浅浅地捏了捏那只乳头，探头寻找安迪。

安迪跟在大经纪人后面，安上了精致的外表，纱织外套里穿着渔网衣，香奈儿的珍珠项链箍在他细长的脖颈上，眼皮全被猫眼烟熏妆盖住了。他很美，但也很憔悴，看上去又黑又小，像一个标点。

大经纪人说下一步很关键，安迪成了有女性气质的男孩的代表，他需要吴壹言这种懂内容的女性创作者帮忙做一套很厚的方案。

吴壹言在心里盘算着能要多少钱。她在来之前就看过安迪视频下面人气最高的评论,不好处理,那都是一些变形的语言:

"有钱人家的丑孩子。"

"照骗,真人简直不能看。"

"娘炮。"

"一次多少钱?"

"哥哥是老天爷追着喂饭吃。"

"是老天爷追着喂牢饭吧。"

安迪看上去已经被这些语言浸润过了,他无法理解其中的恶意,好像恶意是和深意混在一起的。他的生活太表面、太肤浅,因此只有谩骂才能帮助他,让他不要活得那么片面。当然,有人会因此爱他,他会点进那种私信,看每一个女孩对他外表的深情和臣服,她们的每一句话都让他忍不住点赞。但他不能点赞,这些私密的爱意他只能享受一小会儿,否则会觉得心慌。也许只有把这些深情给吴壹言看,或者随便给一个什么旁观者看，他们脸上才会出现艳羡的表情，看见这些真实的人脸上的艳羡时，他才能从水下出来，喘口气。

安迪正要把手机拿给吴壹言看时，吴壹言提到了费用的问题。大经纪人抱歉地说，目前没有办法给很高的顾问费，但只要安迪火了，大家会一起获益。

吴壹言指出，这不是个轻松的事情。前几天，一个男教授录了一段视频，对安迪破口大骂，指责他腿上的丝袜伤害了民族尊严，挫败了男子气概，是新自由主义和资本主义的联合骗局。

安迪把手机收了回去，表情很窘迫。

吴壹言却轻松地说："那个教授的视频我看过了，那老教授骂你腿上穿丝袜，可他讲起道理来含含糊糊朦朦胧胧，藏在一个位高权重的老男人表皮下面肆意道德绑架，就好像绑匪一样，脸上套着一层丝袜。你可比他强多了，至少把丝袜穿对了地方。"

安迪看着她，没想到她会这么说，心情变得

愉悦了一些："我现在火了，可我不知道下一步该怎么办。"

大经纪人赶紧插话："你要想想你的优势是什么？"

"我不知道。"

"你的粉丝都是女孩子，你得努力朝女性市场发展。"

"可我不懂女性那块，我只想好好当偶像、学习跳舞。"

"跳舞谁都会，同样的人力成本，为什么公司要给你这些资源？"

大经纪人拿出看医生的架势，急切地对吴壹言总结道，她之前给安迪的建议非常好，他去查了她的剧团，虽然她的自媒体目前粉丝量有限，但他相信她的媒体经验和网络敏锐度。只要能在背后帮安迪写稿子、做人设、顺歌词，安迪随她使唤。他们还能一起学习，提高自己的价值，增加成功的可能性。

在大经纪人说这些话的时候，吴壹言一直盯

着那个破海绵沙发。等他说完,她犹豫了片刻,最后说,只要你们把资源分给我的自媒体,我就帮安迪。

吴壹言坐了很久的地铁回家,天气凉飕飕的。吃完男友做的晚饭,在床上,吴壹言表现得像一个疯子,男友喜欢她这样,和她一起在可接受的范围内打破社会的禁忌。只是,在这个学习的过程中,她提起男偶像安迪的次数有点过多了。

两人睡前一起读书,男友转过身问她,这太好了,他听起来很有意思,你怎么没有提前告诉我今天要去见一个男偶像?真是个好消息。

"他也没那么有意思。"

"他吸引粉丝的点是什么呢?扮演女人?"

"他并没有用力扮演女人,他只想讨人欢心。"

"那怎么可能有好结果呢?"

"是啊,一些男人侮辱他,另一些男人说他侮辱男人。"

"听起来很可怜。"

"也没什么值得可怜的,比我幸运多了。"

"那他们付出了什么呢？"

"禁欲。"

"不能谈恋爱？"

"当偶像唯一的缺点就是不能谈恋爱。他们是新时代的神父，只不过传播的东西没有宗教那么简单。"

"你这么不看好他吗？"

"是的，他什么才华都没有。"

吴壹言把手按压在男友的腰窝上，顺着他肌肉的线条滑下去，这让男友有点紧张，但他也没说什么。

3

接下来几天，吴壹言和安迪一起写歌词、排练、写视频脚本。她在偶像公司待的时间越来越长了。

安迪一边吸着冰美式，一边为她打开盒饭，嘴里怯怯地请求她，说她读书多，要多给他推荐几本书，让他了解一下新自由主义和女性主义具体是怎么用的。过了一会儿,他又焦虑地说,希望她把书的要点总结出来,发给他。

他的热度果然在上涨,但是受到的谩骂和嘲笑也更密集了。

安迪在房间里走来走去,吃不下东西,他的脸更瘦了,宽大的衣服下面露出两截纤细的小腿:"姐姐,你真的觉得我是在伤害谁吗?"

吴壹言告诫他,不要理那些动辄责怪别人的人,你的腿、你的脸、你的睫毛,安在女孩身上,他们就喜欢得要死;安在你身上,怎么就伤害了他们的民族感情呢?

然后她又换上了嘲笑的语气:"不过,你穿着奢侈品,我穿着一身破烂,我也没资格劝你幸福。你靠做自己就能赚钱,还不够?谁又有资格对你的幸福提出抗议呢?"

"你是不是讨厌我?"

"当然。"

"你也在做自媒体,对吧?"

"我做自媒体是为了对生活诚实。"

"那你的粉丝有多少呢？"

"比较少。"

"也挺好的，粉丝多有什么好的呢？你写喜剧，比我更懂生活，更懂得文化上的情况。"

吴壹言没有生气，语气反而柔了下来："我在如今的狗屁文化里找不到任何好处，文化都把我搞累了。写喜剧？哪有人看女人写的喜剧？站在我这个位置看社会，上也不是，下也不是。你学女人还能表现点女性力量，女人根本没法表现女性力量，你比我有女性力量得多。我想搞点什么动静，风却根本吹不到底层，我就像一台安在天花板上的冷空调，对着下面吹风，令人舒服的冷气却浮到上面去了。但你不一样，你面对的是真正的大众，你接下来会有几十万、几百万，甚至上亿观众，即使你只能说一点话，对文化做的贡献也比我的大多了。"

"可是如果我不知道我在说什么呢？如果我必须说我不懂的东西呢？"

"那你来说，也比别人来说要好。"吴壹言说完这话，突然起身收拾桌子，但她手忙脚乱，把菜汤洒了一桌。

安迪没有帮她，而是愣愣地看着。在安迪眼里，她好像有魔法一样，总是把一个句子叠在另一个上面，这样一来，句子和句子之间能有个帮衬，话也就显得不一样了。

他看着化妆镜里映出的她，竟有一种安心感，想到第一次见她时应该是乱了阵脚。照理，他应该在第一次见面时就开始不喜欢她的——一个女孩子家，总是一副似笑非笑的样子，脸很黄，脖子短，还总抻着，跟个桌面盆栽一样，探出新芽来偷听他宝贵的秘密。但直到现在，他都没有讨厌她，他觉得她的形象模糊了起来，还觉得她的粗鲁都变得可爱了。

吴壹言制作了一首反对服美役的单曲，帮安迪的男团抢到了本来属于女团的化妆品广告。

他们一起写让女孩自信、阳光、敢于表现自我的简单歌词，聊着天就都觉得对方很可怜，生出一股淡淡的暧昧。直到写恋爱歌词时，吴壹言提到男友，这让安迪心里一沉。吴壹言声称自己没有男友，只有熟人，她在搞开放关系，这是她活着的理由，她要快乐地欲望、陶醉地欲望。

安迪心里升起一股怨恨，觉得这番话让人难以忍受。

他说："你扯远了，我们在说正常恋爱。我们得写纯洁的词，得让粉丝想跟我谈恋爱，但又不能显得我懂那档子事。"

"那是当然，你是绝世处男。"

他问道："你谈过很多吗？"

她不回答。

"但还没结婚？"

"还没结婚我的性生活都已经过于合法了，结了还得了？"

她看出了他的不安，便进一步攻击他："我不仅跟男人搞开放关系，也跟钱搞开放关系，我不占有钱，钱只在我这儿待一会儿。明白吗？"

他无法想象会跟她搞开放关系的人，谁会这样对她？如果他是她的伴侣，他只会让她一个人开放，单向开放，就像下水道的单向阀一样。

他想要驯服她身上不安的部分，想要告诉她，不要再那样随便地对待自己了。

但他不知道该怎么说，最后，他冷冷地结束了对话。

那天，他的团员邀请他一起去夜场和女孩子喝酒，他们经常坐在那群哆哆嗦嗦的女孩子身边摸来摸去，这会让他们感觉好一点。但安迪心烦意乱，头一次拒绝了。

回到家以后，男友亲吻吴壹言冰冷的脖颈，她却没有回应。发现男友察觉了自己的异常，吴壹言告诉他，自己心里很堵，安迪用一句废话就获得了所有人的喜爱，一边化裸妆，一边唱着"不用化妆，不用掩藏，所有女孩，都是女王"，就有那么多女孩追捧他。而我呢？我写出的那些东西，我在心里写，在剧场里写，在每一个晚上都写，却一点市场反馈都没有。要是我化着妆走上舞台说那些话，就会被人说是一边宣传女性力量，一边把所有女人压在身下；如果我不化妆，会被人说是在扮演男人。因此，只有一个男人站出来夺走女性力量，才是一桩对的事，即使他扮演女人，也会被看作异装癖指环王。

她说着说着，几乎要为自己的委屈鼓掌了。

但是她没有说的是，她心里也热热的，因为安迪让她相信了自己不是一个彻底的失败者。她体会到，用同样一套方法，如果她拥有一个男人的身体，她是可以立即成功的：所有成功的迹象都从平常躲猫猫的地方跑出来，她的作品获得了应有的关注，那些简单的文字被塞进人们的嘴里，那些轻盈的金句飘飘扬扬，点击量炸成照相机的闪光。至少现在吴壹言也有一点信心，觉得自己只要坚持下去，还是可以有希望的。

她更不愿意承认的就是，安迪的思想进入了她的脑子，他一直强调的就是"希望"这个词，他认为自己作品的价值就是"希望"。

吴壹言离开博大，创立了由自己掌管的剧团和剧团的自媒体账号，从此以后，她的成功都是她自己的了。这样的生活中存在一种暴力，把她原本清晰的生活搅浑了，但又能怎么样呢？偶像不需要有任何成熟的才华，否则就不能算是一门艺术。但艺术的意义已经崩溃，任何聪明人都能看出来，安迪是一个养成系艺术家，那些粉丝通过无底线的支持来帮助他出道，这是一种希望的反馈。他的粉丝通过他的成功，就可以被注入同样美好的希望，这是一件多么让世界充满阳光的事情啊。

不过，没有人提到钱的事。

安迪的工资很低，吴壹言也还没有拿到钱。经纪公司并不给安迪钱，因为他生产的是希望，所以平台也只能付给他希望——成功的希望。对，这是一个靠希望运转的行业，粉丝要的是你的希望，那平台也只能付给你希望，她和他都在同样的希望里挣扎。

4

安迪发现自己大部分时间都在想着吴壹言，他在练舞时，幻想吴壹言和男友在家里聊天。他们正襟危坐，拿着刀叉把热牛排切开，聊累了就各自去睡觉，身体离得很远。排练结束后，他犹豫着，是不是应该看看她推荐的书，但又担心，一旦看懂了，自己就不需要她了。最后，为了留住她，他没有去看任何一本。他常常盯着那些书的封面，排练也开始迟到，一次接到大经纪人催他起床的电话时，他大叫："来了，吴壹言！"

从那以后，安迪跟吴壹言见面时，大经纪人常让小弟去陪着。

小弟的脸很模糊，他是最后一名入队的，其他大一些的队友总是对他呼来喝去。他留着锅盖头，外表土气，喜欢用在电视上看到的方式巴结人。

按小弟把昂贵的衣服借给队友的频率来看，他本该很快获得大家的喜爱，但大家无动于衷，直到发生了一次失误——他想偷偷把父母接到队内的宿舍里白住。这让大经纪人大为光火,说要把他开除。队友为他求情,说他年纪小不懂事,这事就过去了,每个人都觉得自己帮上了忙,那之后,他才在队内变得受欢迎起来。

年中时,大经纪人去和一家流媒体公司的总裁谈合作,带着全队好好打扮了一通,穿上西装,去市中心的流媒体总部开会。小弟听从农村父亲的唆使,居然在会间休息的时候,溜去后台塞给了总裁一条中华烟。

最终,在大经纪人的努力下,这个小插曲没有影响合作,但丢了人,显得队内乌烟瘴气,跟不上时代,是恶臭、腐朽、僵化的。

大家渐渐反应过来,小弟之前的受欢迎是一种不配得的幸运,是他用弱小进行的诓骗。

回程路上,安迪对大家说,小弟说过,他就想去一次南极,把自己和家人的生活从黑暗中拽出来,但他不知道南极是有极夜的。安迪笑着,同时为自己的刻薄而愤怒,大巴车的颤抖掩盖了他的颤抖。

5

安迪决定在公演前的最后一次创作时，向吴壹言诉说他内心的真实感受。唯一的问题是，他说的时候是应该带着妆呢，还是卸妆呢？

尽管热度在下滑，一些坚硬的好评逐渐浮出水面——媒体称他为"男团中的一股清流""对阴性气质毫无保留地接纳"。

看完这些好评，安迪的皮肤都变得敏感起来，坐在化妆凳上努努嘴，要求化妆师为他换新的美妆蛋。

吴壹言还没来时，他坐了一会儿，躲到角落里偷偷给自己贴了假睫毛。

等吴壹言一来，他就用更漂亮的左脸对着她抱怨："他们给了我一只波斯猫，说抱着猫街拍会显得更有神秘感。"

这时，小弟就要来打断他们一下，让他给定妆照签名，用来抽奖寄给他的粉丝。

他因为压力胖了一点，因此这张照片经历了

狠狠的修饰,被砂纸打磨过一般瘫软着。照片上的人一点都不像他——皮肤光滑得吓人,腿是没有膝盖的——都磨没了,鼻头也是没有的,鼻子和腿没有区别——简直可以用来倒立着走路。

他又和她聊了一会儿,小弟再次来找他,确认一件麻烦事——一张广告海报上,他的脸比对家艺人的脸小了一圈,显得咖位不够的样子。

吴壹言厌烦地说:"平常比谁脸小,争番的时候比谁脸大。"

安迪觉得不好意思:"搞这些乱七八糟的干什么,没有人会要这些东西!"

"你的粉丝就是喜欢没人要的东西啊,他们可是喜欢你的啊。"

在这样的时代,抱有希望是可恨的,是麻木的,是否认,是过度自私,是让每个人心中残存的一丝无根的快乐反水到地面之上的暴行;美好的乐观主义,在这样的情况下,是残忍的,而彻头彻尾的绝望是一种解脱,是一种严肃的解决方案。那股活下去的欲念,那种照葫芦画瓢的生活方式，必须受到惩罚，不需要付出代价的快乐从未被这个中产世界待见过，因此他们一开始会逗弄它，然后惩罚它，最后才杀掉它。

安迪喊吴壹言出去，去一个小弟找不到的地方。他心里想，吴壹言还没有他长得好看，不会带来那些女孩给他带来的麻烦，所以这应该不是爱。他只是觉得吴壹言的形象越来越清晰，像鬼片里显形的冤魂，一直看着他，一言不发，他的每一个动作都在被她的眼神显著地看着。

安迪拿来两台自己的平衡车，那是奖励给前几名的东西，大经纪人给他安装了限速扣。他扶着吴壹言踩上去，试了试，直接掰下了限速扣。他们在园区的大道上疾驰起来。远处人影绰绰，正在拍摄杂志的透明影棚里传出悠扬的实验电子乐，交通灯上的探头像猫头鹰一样可爱地扭动着。一切都很清新。天空中的无人机亮晶晶的，一点一点闪烁着，行道树透出淡雅的香气，近处散落在草坪上的粉色女团应援棒已经被男团的覆盖，冒出一根根天蓝色的新芽。

他们掠过路边的一些人影，那些是成绩很差的练习生，在抗议什么行业剥削之类有的没的。这个抗议活动已经进行了一阵子，为了防止这些不懂事的练习生在树下乘凉，树被砍秃了，只剩光溜溜的树干。抬头看去，无人机散布的红色禁止令纷纷扬扬落下，像枫叶一样。他们在失而复得的落叶中疾驰，畅快极了。

安迪有飘逸的头发和漂亮的小腿，这让吴壹言异常兴奋。这完全没有道理，眼前这个无法与她进行真正深层交流的男偶像，是肤浅的象征，表象的表象，但在这个弱小的人旁边疾驰，吴壹言却深切地感觉到自己还活着，不管不顾地活着。男偶像也变了，他以前说的每个字都可以被预料到，现在连打响指都是振聋发聩的。她告诉我，在那一刻，她想到了我，想要与我拥抱、亲吻，想体会别人对她的渴望，想钻到任何一个陌生人怀里去睡觉。她唯一不想要的,是她那欣喜若狂的男友。

她当然搞不清为什么自己会不想要他，但不容否认，她和那个很美好的男友之间出了问题。

他们的亲热变得非常尴尬，她已经两次在获得任何欢愉之前就磕到头或把脚崴了。即使没有出现肉体上的尴尬，他们之间的亲密也都会很快结束，只因工作上发生了各种紧急事件，或一只乌鸦扑腾到窗口砸出了巨响。他嫉妒她花在工作上的时间，为她坦然接受了为男偶像做那份不光明的工作而不安。

安迪有完美的外表和平滑的脑子，吴壹言是他的创造者，所以她搞不清楚自己对他的感情，唯一确定的是，那并不是爱；但在他身边，她和这个世界的连接更紧实了，她能直接钻进他的身体，启动驾驶程序，由他来行使各种各样的特权，那是她无法对别人做的。一切其实已经很清楚了，她进入这个男人躯体的过程，像极了性，甚至比性还要美妙。

她跟着安迪进入空荡荡的宿舍楼，安迪局促地表示自己要先去卸妆，然后对她说些话。他激动地盘算着，要先告诉她一些好消息——他已经和公司提出置换要求，分给了吴壹言一个大团队去帮她的自媒体做热度。然后他会告诉她自己的模糊感受，即使这意味着他再也没有办法当偶像。

清洗干净后，他把脸转向了吴壹言。

他这种男偶像，用漂亮的五官和优越的面部线条折服了无数粉丝。但是除了他自己以外，粉丝都没意识到，如果她们能在他卸妆以后靠近他——穿过乌压压的粉丝群，撞开保安和执行经纪人，凑到他违约金100万的脸跟前，就会发现，那张脸长得很像娃娃鱼。

他的眉毛和睫毛都因为频繁上妆而脱落，只剩几条淡淡的线条；皮肤嫩白透明，淡淡的线条包围着漆黑瞳孔，好像一条万年不见阳光的恶心的鱼。

那种苍白、光滑的鱼。

吴壹言看到这张脸时，后退了一步，被他的真诚搞得不知所措，因为快乐而颤抖。安迪看到了她的不安，这个女人嫌弃的小动作，那些没有教养的颤抖，那些从小被培养出来的犹豫。

他说了给她分资源的事后，吴壹言就离开了，留他一直在宿舍抚摸自己的脸。

回到家，她盯着微博上涨的粉丝数，兴奋得睡不着觉。她回复评论回复了四小时，才爬上床，抱着男友，吻他的后脑勺。他翻过身来压着她，把她的手机扔到一边，用力抱着她，似乎想把她整个人压成一块像素。她喊着他把她弄疼了，他松开手抱着头道歉，红着眼圈说他爱她。她说，但我知道这个啊。男友说，我不知道怎么了，我们之间出了什么问题，你觉得我没有吸引力了吗？她的确爱他的身体和他的活力，除去一切关于热度、名气和在上海落户的讨论，他们之间也谈一些接近真实的话题，他是离她最近的人。我们之间那个冷硬的东西，即使我只能透过那个东西来爱你，我也觉得我了解你，没有人能比我更了解你。我的确爱你，我得先去洗个澡。我想要你。我马上回来。

她走进浴室，打开淋浴头，拿出趁他不注意藏在口袋里的手机，打开微博，一直看安迪的广告，直到卧室里没有声音。

6

为了和吴壹言一起拍摄那个从女团手里抢来的化妆品广告,安迪需要减弱攻击性,他的头不能还像这样,厚重到甩起来可以当临时武器。他不能太舒服了。这就是他瘦了那么多的原因。

保安护送他到后台,把他留在一张塑料椅子上。

他抬头看到吴壹言,这是他在大经纪人要求他们减少见面后,第一次面对她。被她看到自己窘迫的样子,他有一种要把胃吐出来的感觉,但依然面无表情地扒拉了两口蛋白棒。蛋白棒的涂料很糟糕,像极了摄影棚喷漆的味道。

他们互相问了好,吴壹言说:"今天的偶像大人真是艳光四射,我都无法自持了。"

安迪不说话。

"我离开我男友了。"

"真的吗?"

"我不是在这儿嘛。"

"你说够了吗?"

"别惹我,这只会让我更兴奋。说真的,如果我邀请你加入我,你会怎么拒绝?"在安迪必须回答之前,小弟终于赶来,耐心地等他吃完蛋白棒,跟着平衡车一路小跑,一边替他挡住吴壹言嘲讽的视线,一边把骑着平衡车的他们护送到内棚。

这冷落让吴壹言气恼,却也让她燃烧。她写出的方案热度越来越低,大经纪人要求她在策划时加入更多耸动的女性话题。吴壹言想,我天生不是当艺人的料,他天生不是唱歌跳舞的料,我们又能怎么办呢?就只能看着运气从自己身体上流光吗?为什么我就得这样规规矩矩地活着呢?那些本来就在正轨上的人,遇到好事,可以去深造、去拿证、去换个好工作,巩固他们的好运气;而我身上发生的好事,只能放在阳光下暴晒,等着它们变淡?凭什么我只能干看着呢?

不断有人来接替身边的工作人员,叫着"安迪老师""壹言老师",把他们引入下一个棚。

他有点恍惚,这些棚都很相似,几十米高的天花板漆黑一片,深不见底。

小弟把他们俩隔开,阻止他们交谈。

吴壹言加速跟上安迪,在两台车平行时,低声说:"这些人穿着黑色的衣服,完全融进背景里,没有姓名。我们却大名鼎鼎,还被叫作'老师',凭什么?"

"你教了我很多。"安迪回。

"你真恶心,大企业的漂亮奴隶。"

"是你在消极思考。"

安迪说,他收到的私信都是以"谢谢"开头的:谢谢安迪的女性表达,你给了女孩们太多力量!谢谢安迪,听你的歌就会开心,变自信了好多!谢谢安迪,不知道你会不会看到,希望你知道你的表达对我们来说有多重要!下面是特殊字符组成的他的脸。

没想到吴壹言来劲了。

"那你去谢谢那个摄影助理吧,希望她姓'摄'。"

安迪不想回应她。他的梦想就要实现了,他不能分心。他即将被灯光照亮,被鲜花砸中,被珍珠和麦克风环绕,他身上的奢侈品品牌正在大喊这一点,可是总有点不对劲。他听出她声音中的温柔,的确,他身上的衣服都有响亮的名字,可他周围的人却没有名字;他不知道怎么问他们饿不饿,不知道怎么问他们累不累,不知道平衡车撞过来了怎么提醒他们避开,不知道怎么告诉他们他在乎他们;他不知道这种心惊的感觉该如何开口诉说。

他们终于走进了内棚,眼睛忽然睁不开了,棚被明亮的白色背景布严严实实地围了起来。大牌护肤品广告。想起来了,这是在龙吴路影棚,在他们的一首爆款《清醒女王》出圈后,经纪人好不容易帮他们接到的大单,所以才会用这么贵的布景。平常他拍的广告都是火腿肠、廉价内衣,或龟苓膏,布景都又暗又丑。如今有了这蛋壳色的打光,任何人的皮肤拍出来都可以清透又白皙。但随着他滑进棚里,看到了它,布景瞬间暗淡了下来——棚的中央摆着一台庞大又漂亮的摄像机,在聚光灯下神气地怼在试光演员脸上,只隔了几厘米的距离。他从未见过这么漂亮的机器,一台

CX00高速摄像机。

导演一看见他,就让试光演员退了下去,把他请了上来:"安迪老师,胶布位试光。"

导演说话简短,语气急促,一句话只包含几个字,比豌豆喷豆粒复杂不到哪儿去。

"只拍卡段,争取一遍过。今天集团客户来看,一定要好好表现。"

安迪还盯着吴壹言。

"安迪老师?"

"哦,好,对不起。"

"标志性动作。"

他定住,啪的一下把手臂标志性地扬起来,这是他最拿手的动作。

"没关系,我们再调。"导演发出一声不容易听到的哀叹,然后转头粗暴地怒吼,"动作指导!"

他用烦躁的表情打断导演:"嗯嗯,我知道,一下没改过来。"

"安迪老师,没有指责你的意思。"

他点点头。

"调光！试光员黑，安老师白，重新调光！"

试光员重新站上去，安迪退到一边，看着那台高速摄像机的监视器里，一张苍白又浮肿的脸。那张脸会传送到吴壹言的眼睛里，那就是他，仅仅数十万微博粉丝，小男团前十名，男偶像安迪。他知道吴壹言能通过耳麦听见他说话，于是他把脸转向那位摄影助理，张开嘴，忽然，他觉得应该用更亲近一点的问法：

"您怎么……叫？"

脸晒得跟煤球一样的摄影助理愣了好几秒，才说："高速摄像机。"

"就位！"导演喊。试光员退下来。安迪赶紧回到那个定点上去。

"高速，预备，走！"

一个扛普通摄影机的工作人员走慢了一拍。

"卡！"导演把暴怒的脸转向左边大喊，"C20跟上啊！"

导演暴怒的脸转向他时变成了职业的微笑，

停留了一秒,发射出爱意;然后转向右边,又变成暴怒:"动作指导呢?要我请吗?"

一个男人心惊胆战地小跑过来,用小棍抵住安迪的手,往上一滑:"老师,我们试一下?"

他定住,啪的一下把手臂扬起来。

"对,就这个角度。"

"您先坐会儿。"说完,导演突然又把脸炸开,"欸?苹果箱呢!"脸皮在爆裂的边缘,"让老师坐啊!"

一个黑黢黢的男人冲过来扑倒在地,伸出一个垫脚箱。

导演终于低头,火山休眠。

安迪俯下身子看着自己压着的苹果箱人,沉默了一阵,还是问:"怎么叫?"

苹果箱人抬头看了他一眼,没搭话。

他心里一惊,他认不出我吗?我这个角度看上去是什么样?

吴壹言在后面盯着他,形成一团阴影。那是她吗?还是他自己?他和她的感知已经混在一起了?

导演的声音开始变调，如唱歌般长呼："最后一条啊。一遍过啊，准备好了没！"

工作人员如唱歌般变调应答："各就各位！"

这似乎是他们的业内习惯，让一切变调，让一切变成艺术。

三台机器对着他，一台俯视，一台平移，一台只是冷漠地注视。

高速摄像机对着他俯冲过去，他抬起一只手臂，定格。

"手臂再高五度再来！"

他站定，抬起手臂，逼近，定格。

"各就各位再来！"

他站定，抬起手臂，逼近，定格。

"各就各位！"

"怎么称呼？"

"再来！"

"再来！"

"保一条！"

"再来！"

高速摄像机钛金属的尖头冲到他的鼻尖上,死盯着他,是吴壹言的眼神。

"有了!今天的工作就到这里,各位老师辛苦了!

"拿东西跟我转场!"

"老师们……怎么称呼?"

场子在三秒内变得空无一人、一片漆黑,外面已经是凌晨了。

他明白了,他想要见到吴壹言,平时见不到就算了,但在拍摄广告时,他尤其需要被她看见,他热切地需要她的注视。他想要得到她,但如果这一切公之于众,他就做不了男偶像了,那会让他失去这个身份。如果他失去了这个身份,他就会永远失去她的注视——所以我对她表明心意的那一刻,就是我失去她的那一刻——他意识到未来是一条死路,就很伤心,等着一起去摸女人的胸。打这以后,他睡不着觉,精神越来越涣散,调子也唱不准,就连简单的动作也频频出错。但幸好观众喜欢这张鱼脸,把他的笨拙当可爱,把他的幸运当成功,这把他的脑子搅得一塌糊涂,都不知道自己是不小心做错还是刻意做错。人们都听说，公司已经在招明年的年轻练习生了。

7

"来我家吗，我们可以就性积极议题进行辩论？"收到吴壹言发来的骚扰信息时，安迪正在拍公演前的最后一支广告。

安迪已经禁欲半个月了。他变得很敏感，触到震动的手机的那块皮肤在生长、蔓延、包裹，拽着他的脏器。

大经纪人、公关部和其他队员都围上来裹住安迪，向他的平衡车致意。安迪拼命从中间挤过去，想要穿过这群摸来摸去的人，身体的全部力量都汇聚到脸这个点上。他感受到一股巨大的张力，就像用耳钉穿过他那总是愈合的耳洞，将要刺破那层皮肤。

这股一戳就破的张力，带着这些眼神的重负，他们需要他，需要他的生活，他的责任就是不去戳破。

阳光很刺眼，安迪低头盯着那辆价值五千元的平衡车，仿佛一片乌云：钢板由丝滑的钛金属制作，轮胎外有一圈静谧的蓝光，正无声地转动。排名靠前的偶像才能踩平衡车，这是一种特权，让他不用费力就可以飘浮起来。但这车开不快，只能在这拥挤的道路上缓慢移动，他皮肤上痒痒的，那是别人好奇又羡慕的目光。他挺直的身板又高傲又脆弱，朝着前方平移过去，极其缓慢。在看的人都开始觉得尴尬了，但没有人想帮他推一把。平衡车滑进果冻一样凝滞的空气，他觉得自己像站在一条运货物的传送带上，一条只有他一个人能踩上去的专属传送带。

他想，我这是在哪儿呢？

大经纪人还没有履行诺言，用安迪的账号发出吴壹言的作品，他认为那会引起不必要的舆论。导演给了安迪一瓶牛奶，说是赞助商的产品，安迪伸手去拿那瓶洁白如玉的牛奶，导演又突然缩回手,捂着耳机支支吾吾说稍等一下,定的可能是让第一名拿着。第一名和安迪对视了一下,他的脸上是尴尬和愤怒。安迪没觉得尴尬也没觉得愤怒,他发现了一件好玩的事——只要让眼神失焦,再去看导演和执行导演对着彼此叽叽喳喳,就会发现,这团黑影像路灯旁边的蚊子一样变换形状。

不一会儿,导演拨开他们,把牛奶还给了安迪,说:"场记弄乱了,定的就是你。"安迪面无表情地接过去:"知道。""既然定了你,就要大方拍喝奶!""知道。"其他人笑,安迪也笑,觉得这是自己应得的,他们随时都可以把他换掉,多亏赞助商看重他的才华。

导演说,现在拍喝奶,他温柔地说,牛奶要从嘴边流出来。

他怎么都喝不好,导演不断喊停,让他连呛了几大口奶,奶从嘴边喷出来。队友们一开始还笑,后来都不耐烦了。安迪不明白,他试着让牛奶印在嘴周,但牛奶总是汇成一股细流,往下滑落,弄得他痒痒的。所有人都在看着他的嘴边,大经纪人也在看着他，让他很不舒服。大经纪人解释道，隔壁女团都用这种伎俩，我们必须跟上她们。最后导演弯着腰过来对他说，就试最后一条，奶要流到脖子上，他们不会把这段放出去。导演语气温柔，是一种妥协以后的选择，让他觉得很愧疚。导演扛起摄像机，按着他的头，让他拍了最后一条，夸他拍得很好。

安迪回到宿舍，把房间里的牛奶全部扔掉了。

他翻开吴壹言给他留的书，那些文字让他觉得乏味，浮在他的鼻子前面，像有一层冰渣，让他穿不透。但他坚持看了一会儿，里面的女人说的难听话、做的傻事吸引了他，他想安慰她们，想等着书里的其他人劝告她们不要这么痛苦，或者来帮帮她们，但当她们还在撕扯、喊叫，还被扔在阴沟里的时候，那本书就突然地结束了。他讨厌这个糟糕的故事，这个作家不是个好作家，没有把这本书写好。他突然发出了一声低号，这声低号让他觉得很舒服，他又试了一下。刚刚看过的那些文字发出一个网，把他收紧了，从鱼缸里拉了出去。他觉得自己像一头鲸鱼，曾经在一只又小又怪的鱼缸里待了很久，现在突然被放到巨大、冰冷的冰川里了，他回头看见，那里的确有只鱼缸。

公演日，他决定去和小弟打一架，这样对方就不会一直拦在他和吴壹言中间了。

男孩们都围在小弟的宿舍门口，一个陌生男孩躺在小弟的床位上。他们告诉安迪，小弟出事了，是件蠢事。他知道自己明年留队无望，想要还债，于是私下谎称自己要卖预售票，诈骗了粉丝十万元，钱还没到手就被发现，今天上午喝药了。

队友邀请安迪去KTV玩。他去了，看到那些女孩，却无法下手。那些黑丝袜再无法让他产生头顶被轻轻敲击的感觉了。

他想骗人，他想像其他人一样骗女孩子上床，他看着身边那些傻到充满安全感的女孩就恨她们。他想像他们那样，让一个女孩仅仅因为单独跟他们说一句话就变得更扁平，更像一类人。他想把她们弄得心碎,把她们翻过来翻过去,把她们在化妆间的地板上安装好。他看着她们的短裙和黑色丝袜,想要用最粗俗的话贬低她们,但那短裙和丝袜越看越熟悉,越看越像自己的短裙和丝袜。他感觉她们在台上,他在台下。但那都是抽象意义上的联系,他根本不知道怎么迈出第一步,怎么开口——他不知道怎么问她们的名字。

队友把一个女孩推进他怀里,说队里在招新人了,现在都是十二岁起步。"我今天还看到大经纪人在面试一个八岁的呢,八岁啊!我们都人老珠黄啦。"

女孩想讨好他们,便轻声哼:"不用化妆,不用掩藏。"

安迪说:"你唱什么呢?"

女孩笑道:"这歌很火的,听听就不会心烦了。"

队友嗔怪道:"这就是你面前的安迪老师的歌。"

女孩站了起来:"啊对不起,一下没认出来,因为您没化妆……我很喜欢您,您的歌给了我很多力量。"

"哟？什么力量？"

"就是，大大方方的，被人看也大大方方的，没什么好藏的。"

队友按住他："怪不得都说你懂女孩。"

女孩站在他面前，他的视线落在女孩的腿上，他看见女孩的汗毛都竖了起来。

"这么喜欢的话，给我唱一遍吧。"

女孩看了一眼队友，不安地哼了起来："不用化妆，不用掩藏，所有女孩，都是女王～"

安迪问队友："你有感受到力量吗？"

队友不说话。

安迪问女孩："你有感到力量吗？给我看看？"

女孩不敢动。

安迪说："我感受到了很大的力量，我的问题都消失了。"然后他起身离开了。

8

在后台，其他几个没名气的男孩一边涂口红

和睫毛膏一边闲聊，一个说着透明梗的假睫毛是否太软，撑不起眼皮；一个说双眼皮贴是否太硬，扯松了眼皮；一个说液体眉笔是否太容易晕，把眼皮搞得脏了吧唧。

吴壹言看上去没有第一次见时聪明、有见识了，甚至有点普通，看起来就是一个疲惫的女人的样子。

安迪脚边散落着一缕缕的假睫毛，被暖场音乐震得时不时抽动一下。

"可怜我吧，我要从这鬼地方滚了。"

他用开玩笑的语气说："我能跟你走吗？"

"你有什么能打包带走的吗？你的才华，你的账号，你的外套？"

"我觉得，我必须得停下来。"

"是的，你必须停下来。我才是那个该做这件事的人。"

"可我表达了所有你想在舞台上表达的。"

"但你并没有真的表达什么，不是吗？"她捏住他的手，"你就挥了个手，我打招呼花的力气都比你的大。"

她回避他的眼神,接着说:"你的歌词都只有四个字,表达了什么呢?你在舞台上摆个'大'字,都比这表达的多。"

他无法从她的表情里看出任何认真的迹象。

"你就是这样看我的吗?我知道你是这样看我的,但我是说,你是这样看我的吗?"他用另一只手揪了一下喷满发胶的头发。

"你好惨啊,堂堂一个风华绝代的男明星,没有钱,不能有性生活,累死累活还不能抱怨,这像话吗?简直像一个女明星。你只是被降格为一个女偶像了,你知道吗,把自己当成女人,这样的生活便可以忍受了。"

"我知道你以为我听不懂你说话,但你以为我没有心的吗?"

吴壹言的声音有点颤抖:"别再做了,我需要你别再做了。"

"是你把我降到了女人的位置上。"

"想利用女性主义重振雄风?你不是在为女人

说话，你就是女人。你听到自己的嗓音了吗？你看见这皮肤了吗？你看见别人看你的眼神了吗？"

"我得上台了。"

"你以为你是例外，你以为你可以不让他们从你这儿拿走任何东西！"

她想，他们不拿走你的东西，他们让你饱和。

怎么可能和他在此刻产生亲密的联结？她这是怎么了？她只能假设，这种亲近的冲动是她对自己生活中的凌乱无序的拙劣逃避。他的魅力在嘲弄她，他可以占有她需要的一切优势。而她呢，作为一个女人，被允许享受性，却无法拥有性；可以享受名气，却无法直接拥有名气。她的成功是对成功的模仿，她的脸离他很近，还在靠近。安迪和她男友是一样的，他们不知道他们有多相像。他们渴望情动，想把温柔的女人拥入怀中，他们天生就懂得怎么做，不是因为天赋，而是因为继承了这块土地上的历史，而她没有传统，没有遗产。

"你是我见过最浅薄、最无能、最像我的人。"

吴壹言说。

安迪和她对视了一会儿,稍微久了一点。

作为这个时代的"神父",他与所有书上写的幸福生活无缘,他是一个代表此刻的人。这就意味着他注定只能得到他不想要的东西,不可以沉淀,他的努力不是为了潜心劳动、磨炼歌舞,他反对那种对身体的长期统治和改造。他要的就是现在,现在就要成功,现在就要吸引所有人的注意力,要的是他的未完成态。此刻的他就是最重要的他,他是魔法师,冻结了鲜嫩的心,所以他最不应该得到的,就是爱情,会枯萎、会腐朽、会造成新陈代谢的爱情。

9

男孩们在后台化着伤痕妆,嗷嗷叫着,像小狗一样互相帮忙咬开猪皮胶囊。安迪把肤蜡贴好,伪装成一个疤痕,然后把一盒蜂蜜做的血膏抹上去。便宜货,看起来太假了。他拿起美工刀把手臂割开，让真实的血流下来。真让人失望，那血颜色太深，看起来更假。

"哥！我想跟你说件事。"

"嗯，说。"大经纪人低头摆弄手机。

"我想多做一些表达，有很多粉丝来夸我，说我的词有表达，'不用化妆，不用掩藏，所有女孩，都是女王'，她们都说这句有表达。但我的词只有'所有女孩'，这四个字表达了什么呢？世界上有很多女孩吗？"

"是啊，"大经纪人没抬头，"这个想法很好啊，你就多更新社交媒体。"

大经纪人转身要走，但又转了回来："放松点，你的存在就已经是对女孩们的鼓励了。私底下讲，能抓住表达这个点，说明你的市场直觉很灵，难怪你人气高。但是啊，你要想想你为什么不是唱'都是女王'的那个？这个位置，如果是这条线，那你的位置在哪儿？你回答我，在哪儿？"

"对，是，你是说，把什么比作哪条线？"

"你是不是要多发发社媒，对吧？你能做到

吧？你在听吗？"

不在听的是你。他想问，那能不能让我唱那句"都是女王"？但他说："当然，当然，我明白。"

"对了，你的血太多了，少弄点吧。"大经纪人换了一副轻松的语调说。

闪闪亮亮的串珠，粉色的锆石，各色琉璃，光晕不断淹没他的眼睛，放大，放大。不知过了多久，女粉丝的尖叫和隆隆的杜比音响混在一起，他已经在台上了。

"36、35、34……"他一边和团员们一起做着简单的流行舞曲动作，一边在心里默念："所有女孩……所有女孩……"

40米高的录影棚顶，黑得就像夜空一样。他趁人不注意，向上仰望，30盏射灯就像星光一样在那无尽的夜空里闪烁。

耳返里传来导演着急的喊声："斯坦尼康！"一个黑溜溜的人立即扛着一台斯坦尼康跳上后台，勾出他们金属色的轮廓。他心跳加速，默念着："所有女孩，所有女孩……"

依旧是朦朦胧胧的闷响,听起来,所有女孩像在产道里。

三十六个人,每个人只有四个字,他的每个字只得到一百四十四分之一的机会。

彩灯移到他身上,声浪中所有目光都聚焦在他身上,他把手臂挥起。

台下黑压压一片,这些粉丝也大都是存款少得可怜的学生,却经常抢购他们出名的可能性。小弟有个姐姐,要用自己贫瘠的语言,一边应付债主,一边给弟弟写出一篇像样的公关文。有个比较懂社交媒体的大哥告诉她,公关文一定要平静、客观、充满真诚的歉意,她一边号啕大哭一边学习这种新的语言。

他转身,在所有人的注视下摔下舞台,他想自己接住自己,但扑了个空。

女人只是变成了女人
女人弱小时

你说她们是女人

女人痛苦时

你说她们是女人

女人想讨别人欢心时

你说她们是女人

但问题是

你这么说她们 是因为你想讨别人欢心

当你想讨别人欢心时 他们开始说你是女人

当你辩解时 他们说你是女人

当你和女人站到一边时 他们尤其要说你是女人

你剖开身体 伤口流着血

他们却说你的血是腌臜的

是经血

你说那就是女人的身体

女人的身体才会无缘无故流血

他们夸你好看 给你吃粉色减肥药 让你不至于太生气

你想摆脱卑贱

你希望看到一个没有卑贱物的胜者世界
但你已经是女人了
你看不到自己就是战利品
地上躺着一具尸体
却流着两种血
你在血中看到的是升华

他冲进厕所,趴在水龙头前想冲洗伤口,却发现自己的伤口消失了。一个场工大哥刚撒完尿,小心地靠近安迪:"哥们,没事儿吧?"

安迪立马被这关心感动了。

大哥掏出毛巾递过来:"给你擦擦。"

安迪一拳挥过去,打在大哥的脸上,大哥下意识地朝他腹部挡了一肘,安迪飞出去,摔在了地上。大哥骂骂咧咧地过去扶他:"老弟,冷静点,我帮你呢。"安迪犹犹豫豫地搀住了大哥伸过来的手,心想,他根本就不知道我是谁,居心险恶。他蔑视我的恐惧,要把我救上去然后让我过上好日子,让我忘记对自己的厌恶,让我永远记住我配得上的位置。安迪用力一弹，在大哥脑门前只产生了一股小小的气流。大哥吓得骂了两句，跳着脚跑掉了。安迪捂着肚子，他的小腹坠痛，他终于彻彻底底地理解了她，他可以说，自己成了一个女人。

在黏腻的厕所里，安迪在一片混乱中感受温度的流失，他低头看到瓷砖上出现了一滴血，然后是两滴，三滴。

那是经血。

经纪人和助理终于赶到，他们注意到了异常，开始大叫，场面变得模糊。

他全神贯注地盯着瓷砖，终于如他一开始就想要的。他打开社交媒体，拨通了吴壹言的视频电话，说："我终于成了女王。"

吴壹言说："你确定要这么做？"

安迪点点头。

吴壹言说："但必须用我的账号。这是我唯一的条件。"

安迪说："无所谓。我爱上你了。"

吴壹言说:"我不知道那是什么意思。"

安迪说:"我想抚摸你的头发,我想触碰你的皮肤。"

"这没可能。但如果你真的想,你可以关注我。"吴壹言挂断了电话。

吴壹言把安迪的这段视频录下来,在他舞台失误的视频疯传的时机,用自己的账号发布了出去。渐渐地,她的账号涌入大量粉丝,上了热搜,引起了大量的评论和转发。

她把手机扔在桌上,可是手机不停地抖动,从桌子上摔了下来。

她捡起手机,看着那些红点,关掉通知,房间安静了;然后又打开,手机又开始振动;接着,她笑了。她想,这是她的安迪,她像着了魔一样把每一个提示都打开,手机开始更疯狂地振动。

她在地板上躺下,把手机放在胯下,抵在两腿之间,感受振动,一下、一下。

她感觉到一股热流,她的欲望回来了。

预言章鱼帝

1

我问她:"你决定了没有?"

她抿着一罐荔枝味啤酒,目不转睛地盯着那个在舞台上表演的男人,似乎没有听到我的问题。

六个月前,我们刚赚了点钱,在昂贵的安福路选了一套房子租下来。房产中介推荐它的理由是:那里面的洗碗机、蒸烤箱和洗衣机都有自清洁功能,你都不敢相信它们把自己弄脏了以后,又能把自己弄得多干净。

安顿下来后,我们才注意到房子周围危险的

有钱人。他们会趁路过门口往我们的房子里看，或者派一群小学生探头探脑，穿着名贵制服在我们的窗前大声背课文，有个小女孩的英语发音一听就超过了关税免税额。我们想要逃走，随即发现我们负担不起退租的违约金，于是那套好房子看起来越来越像一个假惺惺的道歉。

"接下来去哪儿？"

在网上有了一点点名气后，俱乐部动不动就会被封，演出变得非常困难。

这个舞台是给疯子准备的，你选择上还是下？

"你知道接下来去哪儿吗？我们应该去上海最好的女厕所。"

当你开始寻找真相时，你会发现，在我们的世界中，真相是很片面的。如果一个自称拥有100个大艺人的经纪人看中你的才能，那么他的办公室会在一个郊区的移动仓库里，只是因为那儿的风水轮流转；如果一个大公司选中你做演出，那么临了你会发现，报酬是跟他们的老板学气势，你也确实学到了坐下时腿可以叉得有多开。

这个满地醉汉的"喜剧公园"俱乐部主理人告诉你,你不能报名,因"我们上次请过一个女演员,效果不是很好,所以我们打算过两个月再请女演员"。你只能去恨你的同类,因为她们每一个人都能代表你。

十秒钟没版权的嘻哈音乐过后,一个中年男人跟着节奏上场了,艰难地讲他钓鱼的段子,段子很无聊,观众席里闪出很多手机屏幕的亮光;他换了一个话题,讲男人追女人的难处,观众席里突然热闹起来,传来几声干燥的大笑。酒气在这个窄小的密室里悬浮着,吴壹言湿润的头发会碰到我的手臂。跟她发亮的手臂相比,我的手臂显得紧绷、无趣。我很烦躁,很害怕她会大笑,告诉我她觉得那个演员特别优秀,她们会成为朋友,有趣的想法会从她们的交谈中冒出来;我更害怕到时候我甚至无法扭过头去,我会充满兴趣和嫉妒地站在旁边,全神贯注地听着她们说话,用一只手掐紧另一只手,沉浸在因为熟悉而舒服的自我厌恶中。

演出商看中我们在网上的名气，邀约我们去郊区演出，报酬很高，但实际情况非常糟糕。那是一个海洋馆的庆典活动，我们上场时，小孩在过道乱窜，男人们在赌气，没有人听我们穿着海洋馆的制服讲关于黑洞的笑话。况且我们还不是压轴的，压轴的是一只海豹。那个水泥袋一样的玩意儿在侧台翻着身子看完我们的表演，轻蔑地瞥了我一眼。它随便拍了拍爪子，场子就热了起来，它才是真正的大咖。

"你注意到了吗？海豹都没给我们鼓掌。"吴壹言兴致勃勃地说。

台上男演员的斗志快要从毛囊里挤出来了。

他把每一个句子都用讨巧的腔调说出来，却没法让人喜欢他，像一张印错的纸币。

他踱步，沉默了几秒，开始调侃很"娘"的男人，装作唧唧歪歪的样子，说某某地区的男人都是这样讲话的。是很初级的那种喜剧手法，效果特别好，观众都为他鼓掌、欢呼。

这种笑声是一种武器，我的手攥紧，我的身子蜷缩起来，我在从身体内部把自己勒死。

"海洋馆的联系方式还在吗？再去问问还有什么水产需要开场演员吧。"吴壹言说。

我看着这个男人踱步到入场口，两个靠在美式砖墙上的男人跟他击了掌，接着他在一张摇滚风格的演出海报旁边和两个神志不清的观众合了影，端详了一会儿用荧光绿漆写在墙上的"stand up for yourself"，对着台上的下一个可怜人假笑了一会儿，终于从后台大摇大摆地出去了。我心中涌起一股溺水的感觉，便起身跟上了他。吴壹言一开始很吃惊，但很快也起身跟上了我。

2

"你还没决定吗？"

我们一直跟在他身后。

当我告诉她王小飞的经纪人邀请我们去他家时,她的脸沉下来:"听说他签下了一个超级女明星,关在家里天天演戏。"

"在哪儿演不是演呢?"我说,"这么奇怪的事情,还少得了我们?"

"他是个纯粹的商人。"

"那至少他还纯粹,他还坚持自己的垃圾原则。他会是很好的素材。"

男人突然钻进小巷。他顺着那条脏兮兮的小巷走进一家地下 drag show 酒吧,坐下来,点了一杯最便宜的酒。

一开始他壮硕的肩膀很紧张地绷着,后来,那副肩膀开始跟着音乐轻轻抖动,像一个风中的稻草人。

我们俩也坐了下来。

"你的段子写得怎么样了?"

"没有想法。你最近看到了什么好段子吗?"

"很难说。嗯。Vir Das 的,那个印度演员——

"报告长官,街上挤满了游行的人!

"用催泪弹对付他们吧!

"不行,他们本来就在哭了。"

"你不得不喜欢这种段子。"

"这是我最喜欢的段子,"她突然起身说,"我得去拉个稀。"然后就向厕所走去了。

成为女喜剧演员的秘诀,不是勇敢,不是外向,而是深深地迷恋失败。你成为这样的人,不是因为你享受这么做,而是因为你不得不这么做。别人在这个满墙体液的地窖里,在五六个摸来摸去的醉鬼面前冷场以后就连夜回老家了,而你却想再站上去一次。你的内心必须有这点疯魔。

我们遵循最大限度反抗原则。

最大限度反抗原则是这样的。

从大学时读的那本道貌岸然的破法律书里,我学到的第一个知识是:

一个女人要证明自己是被强奸的,她就要证明自己做出了最大限度的反抗。坐在高背椅上,被金发套闷肿了脸的男人嘟着嘴问道:"如果你没全力反抗，怎么证明你不在享受呢？"

数只香肠手坚定地攥紧那律法阳具的象征物，朝法座狠狠砸过去，确认了这个原则。

那个年代的女人都接受了这条规则，在这条规则的标准看来，她们太会享受了。

我把它蔓延到生活中，成为我的行为准则：

不管是生死大事还是小葱的价格，一个女人想要好好活着，就要对任何一件事做最大限度的反抗。

我攻击、我谩骂、我撒泼、我扯淡，我在任何一个阴沟里撕咬着其他人的精神，用粗鲁的口音叫喊、叫喊。

要不是后来碰到了吴壹言，我还以为泼妇形象是我发明的呢。

3

"没法弄，这儿的厕所简直像一个厕所在另一个厕所里面拉稀了。"她突然回来了。

"也许你要赶紧做个决定,马上八点了。"

"咱们找上海最好的女厕所去!我跟你说,上海最好的女厕所可不是闹着玩的。可不是说免费卫生巾,不要排队那种小打小闹。"

我不说话,但她毫不在意:

"上海最好的女厕所。要么不排队,要么没有这个队。我一个朋友从里面出来以后,人生都不一样了,她的口音都变了。"

那个男人突然出现在我们身边,端着两杯酒:"我是你们的粉丝。你们是真正的艺术家。"

"谢谢。"

"我喜欢你们的段子,虽然你们很久没更新了。"

那个人还不走,眼神连着吴壹言:"你们的作品真的很好。我超喜欢你前几天发的,那篇微博。"

吴壹言看向别的地方,说:"谢谢,谢谢。"

那个人还想说点什么,但笑容没有那么热烈了,随后就放弃了。

我想,我的母亲、奶奶都做出了愚蠢的选择,因此她们的可能性从人生中漏光了，但这全是她们自己的问题。

我不能让她把我这事搅黄了。

4

这是这么久以来我第一次跟她分开行动，我向她隐瞒自己的行踪。也许我再也不会见到她，就像一块大陆漂离另一块大陆。我会发现这个世界根本不是她说的那个样子，我自杀的时候也不会有人要我把弄出来的污渍擦干净。我穿上唯一一件西装外套，戴上唯一一枚装饰戒指，从破旧的居民楼出来，看到来接我的奔驰六座商务车斜停在小区门口，委屈地卡在几个乘凉的老头之间。

他派来的司机一路无话，开过几个土气的豪华楼盘，居然停在一栋藏在法租界里的贵树环绕的古宅旁边。门口是一片巨大的花园，几棵奇形怪状的矮树扎在路边，隐入黑暗的红砖墙上，又被好几盏青绿琉璃灯暴露了出来。

我从没看过这么多不同种类的植物。藤蔓缠绕,菩提和南天竹交叠,琥珀色的梧桐树干上嫩绿的叶子在轻微地颤抖,像这栋老房子刚破壳长出的绒毛,在这个时代,水草一样地飘浮在空中。

我摁了几下门铃。

时间慢下来了,空间被横梁上垂下的吊灯拉长,白昼一般的墙壁。

"咚、咚、咚。"

我才看到隔壁院子里有一个穿着蓝色雨衣的人,挥动高尔夫球杆,对着帆布上画出来的靶子有节奏地击打。

我又按了按门铃,门内传出一阵喧闹,一个模糊的声音离门越来越近,像一段回忆在逼近。突然,王小飞苍白的脸浮现在我盯着的位置,比屏幕上看到的更疲惫。

"欢迎欢迎。"

我跟着他进门。他是光着脚的,没穿鞋,身

上穿着睡衣一样简单的 T 恤。

我的脚上一阵剧痛，是被地上的什么东西偷袭了。

"小心别踢到了，都是些很重的奖杯。"

"已经踢到了。"

"很痛吧？那青年影响力奖是花岗岩的；你看到的那些是木头的，剩下的那块是投资的奖，水泥的。"

"你得奖真是耽误建地铁。"

"只是公平交易，"他犹豫了一下，"我给他们带点击量，他们给我带混凝土。"

"用来支撑你的自尊心。"

"不，只是用来把对手埋进停车场。"

他的脸上居然露出明显的放松表情，但立即召回了："久等了。请穿鞋，在柜子里。"

我拉开画着狮头的柜门，柜门沉重精致，里面却塞满了一次性酒店拖鞋。这是一个奢侈和贫困的交叉地带：底层的几双拖鞋都起球了，像是跑过八百米的样子。

这时我听到远处有个人声:"我觉得啊,现在的创作环境都不是给自由人的,而是给奴隶的。每个人都觉得自己可以说点什么。"

他们都围在桌旁,每一个都穿着普通 T 恤。他们转头看着我,我身上的垫肩西装更紧了,像一个精心缝补过的漏洞。

王小飞把我引到桌边:"认识吗?才女,我经纪人发现的。"

一个长发男人问:"做什么的?"

"做喜剧表演的。她很火的,天天在网上骂我。"

"不敢不敢。"

长发男人冷冰冰地说:"不好意思,我从来不看喜剧表演。"

"没关系,我也从来不看。"

王小飞笑着说:"你写的关于我的那些,写得很好。"所有人都跟着他的话点头。

"但你的视角,你的用词……让我很受伤。"所有人又跟着他的话低下头。

"但我很喜欢,来,先来见见几位老师。"

他为他们做了一番冗长的介绍,我只好力按本质记住他们。这位是园艺大师,因为第一个想到给植物做发型而发家;这位是成龙大哥的前执行经纪人,因为入行早,成龙都得喊他一声大哥;另一位是互联网巨头前合伙人、电影媒体副总编;对面的男人是品牌创始人、CEO、公司发起人、艺术总监、商业艺术家和艺术赞助人。才在这个桌上待了一会儿,他们的名头都开始恶性增生了。

这些男人看上去都是做对了选择的人。

我在笔记上写下:

> 这个世界上的人可以只分成两种。一种是早上醒来后,想起来自己是谁时,会松一口气的;另一种是想起来自己是谁后,会倒吸一口凉气的;他们如果躺在一张床上,氧气含量就能保持动态平衡。

5

我的垫肩外套太过厚实，很快我变得汗涔涔的，随时可能晕倒，汗珠肯定在我的粉底液上划出了几道明晃晃的伤口。房间里植物散发出刺鼻的味道，熏得我头昏眼花，就像有人在拨动我的脑筋，一颤一颤。

王小飞开始张罗大家吃帝王蟹，端上来的那只蟹拼出了命张牙舞爪，却显得很局促。

每人拆了一只蟹腿，一分钟享用完。

"我前几天跟袁老一起吃饭，那一个小时，他就绘制出了一幅清晰的图谱，把行业的积弊和最近所有的战争局势都理明白了。我都拿出思维导图来记笔记了。"副总编突然提到。

"袁老那套方法论我不赞同。"

"别来这套，二元对立的思维是我们这帮人最大的敌人。"

"我觉得我们最大的敌人是缺乏实际的感情。"

他们越说越激动，舞着蟹腿，像舞着刀剑。

开玩笑,你们就没有真正的敌人吗?

"让小姑娘来说,你觉得人类最大的敌人是什么?"

"安全期避孕法。"

王小飞发出了一声干笑,其他人才放松一点,也陆续发出几声笑。

这场对话真是太重要了。有人应该以这场对话为题材拍一部电影,再拍一部拍这部电影的纪录片,说不定十年后再搞一个这场对话的十周年纪念活动。

王小飞旁边的人盯着手机发出了几声啜泣,手机立即被夺走了。

品牌创始人问我关于剧本的意见,他对我的意见根本不感兴趣,他只想让王小飞听到。他在写一个本子,女主角未婚先孕,她妈是个妓女,女儿穿越回来,抢了妈妈的男朋友。这只是第一章。

我说:"这是我听过的最真诚的本子,是私人经验的自然流露。用噱头做电影的时代已经过去了,时代需要你这样的声音。"

王小飞旁边的悲伤男人突然又开始啜泣。经纪人哀号："都说了多少遍了，哥，不是让你不要看社交媒体了吗！"悲伤男人因为骚扰女人失去了王牌主持的工作，他讨厌那女人的厉害反应，讨厌她把本来可以一句话说开的事情写成了一篇恶狠狠的文章，还写得非常漂亮。旁人安慰他，事情会过去的，现在这些女人都学会了存心报复，她们没有被男人宠着，就想着复仇，这是下作，是恶行。王小飞为兄弟说话都会被攻击，这是恶毒，是反人性。我说："问题是，女人复仇？你看到女人现在拿什么复仇吗？女人复仇都是对自己来狠的，复仇小黑裙，复仇身材，前男友面膜。有人复仇用浓硫酸，有人复仇用玻尿酸。但是不要急，能见的女人越来越少了，毕竟，现代企业招的女员工超过20%就会变成母系社会，就得全员穿上草裙开始跳钢管舞。"

王小飞面无表情地说："说得真好啊，这样的姑娘我必须签下，彭老师可别跟我抢啊。"

"签约怎么签呢？你还签约了哪些明星呢？"

长发男人不耐烦地打断了我,让两个阿姨来把菜撤掉。

大家从桌边离开,去客厅了。

6

"抱歉,您也是预约了扫描头骨的吗?"一个穿着白大褂的人坐在沙发上问我。

"什么?"

"您是增生的那个吗?"

"我是王小飞的客人。"

这些顶级医生在讨论用什么方式扫描王小飞的头骨。王小飞在18岁时写下第一篇成名作,后来就再也没写出过好东西,于是一直被指控成名作是父亲代笔的。他花了大价钱做笔迹鉴定,网友不信;最厉害的法医和整形医生联系了他,计划给他直播做全方位头骨和神经元发育检测,证明那本书是他自己写的,他的才华是天生的。

我起身去花园,但我能感受到背后的目光,

口水般的丝线连着我的身体。

我来窥视他家,但是全程都在被这栋房子窥视。我看到老房子的历史、笨重的历史遗物、女性崇拜的挂画、自然崇拜的雕塑,文化上奢靡,精神上自然。他在人群中就像指挥一样,不用说一句话就能掌控、排布。

我站在一幅被玻璃罩子罩住的油画前,想看看自己的妆花了没有。

"这幅是波拉约洛的,"王小飞出现在我身后,"丘比特为了报复太阳神阿波罗,用一支金箭射中了阿波罗,让他疯狂地爱上达芙妮,再将铅箭射向达芙妮,让她拒绝阿波罗。河神佩涅斯为了拯救女儿达芙妮,就把她变成了一棵月桂树。达芙妮的一条腿扎根在地上,手臂已经长成了枝繁叶茂的月桂树枝。阿波罗在半空中,紧紧搂着他即将消失的爱人。"

"这个神话告诉我们,一个男人苦心追求你,你却不识好歹地拒绝他,肯定是脑子中了毒箭;而他会喜欢上你这样挑剔的贱人,是他脑子也中了毒箭。但是不要怕,你爸为了保住你的名声,会把你打成植物人。"

"你知道你的问题吗?你太爱生气了。你根本没兴趣接触现实世界。你的素材来自哪儿?网络吗?我就知道,你那么聪明,却相信他们编排我的谎话,然后就把你的才华浪费在虚假的愤怒上,但那不是真实的,你的火气并不是真实的。"

他的声音里有了一些哭腔:"你不知道我是怎么对待女人的,我恨我爸,因为我妈是我最爱的人。但最重要的是,你不珍惜你的天赋,细心、稳重、温暖,那些男性没有的女性特质,是宝贵的礼物。"他推开阳台上的纱门,"来吧,去花园里看看,看看自然的美好,看看什么是真实的。"

树林郁郁葱葱,种满柳树、香樟和南天竹,石砖路旁摆着雕花水缸和烫金屏风。

"如果我们签约,第几年能五五分?"

"你决定了要签,都好聊。明白了吗?"

外面传来一声响动。

"嘘。别担心,那只是大自然。"

花园里最显眼的位置上,木雕灯笼下,有个巨大的半透明蓝绿色宝石在闪动。"亚马孙女战士石,我去南美收的。是美洲印第安人从祖先手里继承的,她们摆脱了丈夫,建立起独立的社会。"

"他们把人家女祖宗的东西倒卖给了你?"

"他们是正经的研究员,为了找到这些女人,他们还被困在沙漠里,没有面包,没有盐,一路上还发现了多种植物。"

"但他们并没有发现对吧?他们不是发现者。"

"一年前我妈死了。"

他很开心这句话堵住了我的嘴。

"那些垃圾媒体都说她是自杀的。你也觉得她是自杀的吗?"

"谁自杀会用那么痛苦的方式呢?"

"但她没有离开我,她是最好的艺术家,我们家的这些艺术品,都是她包装的。"

我在脑子里死死记住要写下来的话:他一直渴望爸爸的认可,但他妈才是那个隐藏在他家的鬼魂。她是曾经的青年抽象画家，获得过天才奖学金，但她嫁给了他爸。然后她的画作逐渐出现在了家里的洗手台装饰画和钢琴盖上，出现在了她亲手织的椅子套和水壶套上，出现在了水缸和屏风上。她的抽象艺术变得具体了起来，有了形状，不再是无意义的了。

在一屋子真正的名贵艺术品之间，她的存在越来越微小、实在。

他爸有自己的房间、工作室、会客厅，来过夜的客人有自己的房间，他爸的助理有自己的房间，连保姆也有自己的房间，而他妈没有自己的房间。她融进了客厅里，把自己泼洒在了每一个物体表面。她和保姆的区别是，保姆有一卡通，而且还不会挨他爸的打。

他的出生，是他爸性暴力的分红。

"你知道吗？为什么她不怕在那么危险的屋顶上作画，不怕摔下去的话脑子会像被枪击一样爆掉、溅一地？因为你们早就对她开枪了。"

"我就没法让你改变对我的想法吗？"

"我只是个无名小卒,我的想法有那么重要吗?"

"别人的想法是唯一重要的事情。"

香樟树的枝条摇晃着,把刺眼的绿果甩了下来,不等花园外的路人逃跑,高处的梧桐树立即像一只受伤的白鹤在风中抖落羽毛,给他们披上一层天然的头纱。

"你注意到了吗?我家是没有窗帘的。这都是一百多年的老房子了,所有的窗子都被特意栽种的树遮挡住了,这些树完全适配每扇窗子的形状,也不会挡住邻居的采光。这是西班牙建筑师在租界时期就想好了的。"

他指引我看低处的云杉,影影绰绰,遮住了街道上的视线;高处粗壮的梧桐树干保证了哪位不小心的邻居不会了解到谁陪他度过了哪个夜晚;水平线上五彩的郁金香、活泼可爱的野猫和松鼠全方位地吸走了穷人的注意力。即使有心之人绕道从某个角度架上精密摄像机,朝有着大落地窗的卧室内窥探,俏皮的鸢尾花和冬梅影影绰绰的花枝也保证了拍出来的照片朦胧而不显猥亵。

彻底清除暴露隐私的可能。

富人的大落地窗不需要窗帘。专业的西班牙建筑师让他信服,自然是不自然的,自然也有心,它们会为他烦忧,为他焦虑。树是不同高度的幕布,是自然的戏服,它们自有一套逻辑,为他遮遮掩掩。因为对他来说,自然上面全是人的痕迹,是他继承的遗传物质,自然不可能反对他的隐私,他的隐私是世界上最自然的事情。

他挥挥手,在阳光下抬起肌肉发达的手臂。一只鹦鹉落到上空的枝头。他看上去宛如迪士尼公主。

这天然纯洁的外表下怎么会有所掩饰呢?他是最自然的人,他比自然还要自然。

"你多在我的花园转转,别那么生气了。自然的美,是一种女性的美,毫无疑问,是神圣的、伟大的、干净的。而现在,连赞美一个女性都不行了。"

"人类本来就不是以美貌见长的动物。世界上最美的人和世界上最丑的人差别也没有那么大,看上去都是人。21世纪,每个人都丑得跟一块水泥一样。"

他依赖自然、经济规律,但他从来不问,谁拥有自然?

男人需要女人的好奇作为战利品,但我们都是人,都是自然的结果。

你只是个女的,你被我的视线定价。你不是人,你只是个小小的代价。

他和他的朋友都无法理解这个新世界,因为他们对这个世界的认知就是两个词:都这样和都那样——我爸以前不都这样嘛,女的以前不都那样嘛!你们女的怎么还变卦呀?

我可以自己选择被谁拒绝,只要那是我的选择。

可我不是真的有选择,我的选择是对你的历史做出的反应。

我又躁又饿又困,而你一直活在温室里哭。

我们从花园回到客厅的另一边,这时其他人都已经不在了。

"烦人的人都走了。你可以再待一会儿,如果你想的话。"

当然可以再待一会儿,我想要和平,我应该帮忙收拾一下,然后礼貌地离开。我意识到头上有什么东西在动。于是我抬头一看,打了一个冷战,一只巨型章鱼在水箱的斜上方深处游动。水箱底部放着两只大碗,马里奥主题的,碗里都是恶心的鱼食,还插着两面旗子。

"这是保罗。记得吗?叫作'保罗的选择'。"

"什么?"

"你不记得预言帝保罗了吗?明星啊,预测世界杯结果的先知。"

"你买下了它?"

"我签了它。"

"它就是你签的女明星?"

"我也没想到她是女的,保罗,Paul,宝拉。"

"也是,要是被人知道它是只母章鱼,它就得当足球宝贝了。"

他笑了。我接着问:

"预言帝有没有预言到自己的命运?"

"如果你在它做预测的时候仔细看它的眼睛，就会发现它其实很悲伤，所以我猜它是知道了。"

"那为什么它还要预测？既然知道自己注定要完蛋。"

"为了乐趣吧。"

"我不觉得动物会聪明到做自毁的行为。"

"是，章鱼不像你这么聪明。我有个想法，我们能休战一会儿吗？这么美的景色，当个无人区。"

那只一直选对的章鱼，现在退休了，它面前放着两只鱼食碗让它选。

那只永远正确预测足球赛的章鱼保罗，带着先知性的深海弱智，轻而易举地被抓、被奴役，最后可能被吃，但在世界杯的结果上总是选对。动物中不只章鱼是这样，同样弱智的还有预测大象、预测猴子以及预测鱼，等等。预测业一红火，它们就都从海陆空一拥而上，挤到人类面前各显神通，希望被选中。我不了解这些动物，不了解它们是否有家庭，是否会悲伤，但我知道它们都很不幸，是很穷的那种动物。它们遇到对生命至关重要的选择题，总是一拥而上，做出微不足道的正确选择，同时犯下更大的错误。然后帷幕拉开、答案揭晓、鼓点响起，是自己被示众的时刻，为了那点乐趣，自己还要盯着看。它们多么擅长心存侥幸啊。我想，如果只能一直选对，还不如没得选。

7

"我要睡了。"他晕晕乎乎地说，"你可以待在这儿，看着我睡觉吗？"

还没等我回答，他瘫在沙发上接着说："不用害怕，可以把我当成一个小动物。小猫咪，小青蛙。"

我不敢相信他这么说了。

"你不来吗？"他把身体歪着，蜷成一个脆弱的弧形。

"抱歉。"

"如果你在道歉，最好大点声，过来说。"

我走了过去。

"如果你想知道我的回答，就靠过来。"

我把耳朵靠近他。

他突然伸出舌头，舔了我的耳朵一下。然后他轻盈地站起来，走出了房间。从门那边传来一阵反锁的声音。

我吓坏了，拼命捶门，努力大喊他的名字，没有回应。我把窗子打开，挤了半个身子出去，又缩回来，抄起椅子，朝鱼缸猛扑过去。保罗傻傻地没有躲开，鱼缸碎了，水溅了一地。我迅猛地给它一椅子，它立即缩成一团。我从窗子挤了出去。

不努力怎么会成功呢？

但努力是以强者为中心的努力。

努力就成功对你来说是很自然的事情。

但自然是谁的呢？你从出生开始就拥有自然了。

我逃到了街上，浑身湿漉漉的。

有两个小混混骑着电动车，停下来对我大喊："美女，能不能借一下手机？我手机没电了。"我假装冷静地走着，说你们手机亮着呢。他们说真的没电了。我喊，别找借口了，快去生活吧。

他们没有跟上来。

我走了很久，终于走到了昂贵的安福路上。我们当初在这条路上租房，是因为这条路上的住户都很有钱，能在他们的空气里放屁，让我们觉得超值。

明明撒撒娇就好了啊。

前方的黑色雾团中出现了一个畏畏缩缩的黑影，他心脏的位置有一团小光晕。他在黑暗中羞报地举起手机，对着那些楼上的大窗，对着那些毫无防备的好人，对着那些无条件相信他人的人，对着安福路的隐私。

安福路上不该有这种人，怎么就被我碰到了？为什么总是我？

还是说恰恰相反，是我被他们嗅到了？他们在埋伏，等待着我这种人，等着把我吓个半死，就像一个残酷的玩笑。

我害怕极了，大半夜的，我有什么能吓退他们的呢？平常他们觉得我身上可怕的东西，颈纹？腋毛？仕途上的野心？都不管用了。

侵犯我的超值安福路，我忍无可忍，颤抖着迎上去，一只脚向内，一只脚向外，只需要一下，也能给他点教训。即使对手如此可怜，即使他根本不知道这场战斗，我终于能赢一次了。

我的视线越过他的肩膀，看到他的手机摄像头框住的是一片银杏叶。

安福路的银杏叶都黄了。他只是一个在可耻的安福路上拍伟大银杏的普通人。

他转过身来，疑惑地看着我。

我颤抖着说："银杏叶黄了啊。"

我想，我会夺取王小飞的建议，我应该去世界上看看，我不要守着这个世界边缘当异乡人了。我可以拿他的钱，或者拿另一个大制作人的钱，被签约。

吴壹言打电话来问我还好吗。

很好，我马上就回家了。

你感冒了吗？

没有，只是衣服有点湿。

税表你不是说今天就弄好的吗?还是得赶紧弄好。

嗯。

你刚才是说你衣服湿了?你去豪宅里游泳了?

捕鱼。

别扯了。你没事吧?你需要我吗?

需要,但我没事。

我一直记得那个撕破脸的姿势,朝着一个无辜的人,一只脚向内,一只脚向外。

后 记

也许都是尴尬弄的。

我们从小就是很尴尬的人,当双胞胎复制人很尴尬,讲脱口秀很尴尬,成为小有名气的脱口秀演员很尴尬,一边卖东西还得一边装酷更尴尬。

久而久之,我们变成了对尴尬和失败有很强审美能力的人。

也许决心出这本书的理由,是写脱口秀不能使我满足。

我和我的双胞胎经常一起小声议论这个世界,交换一些惨痛、荒诞得好笑的故事。我们把文学中最珍贵的、将一代一代人吸进文学里去的东西称为"文学时刻"。在那些时刻,我们看到未见过的视角、没有人想谈论的真相,看到人物真切地展现她们的复杂,让我们一厢情愿地相信她们有深不可测的动机。那些反常的事情和反常的情感,让我们对那些屎一样的人物产生一种近乎庄严的感觉。

而写脱口秀却总是要删掉"文学时刻"。因为它们不够"大众",不够"安全",不够在每一类观众画像中都"引发大笑"。

直到后来,我崩溃了。我边写边删,我把文字和文字分开,一边写大众的东西,一边偷偷写不大众的东西,但我不再相信我可以留住它们,甚至觉得似乎写出它们就是为了删掉它们,就像流出眼泪就是为了擦掉眼泪一样。

我不知道自己为什么想写作,也许是害怕,害怕我周围这些闪闪发光的女人,在历史上留不下任何痕迹,她们会被抹掉,就像那些眼泪一样被抹掉。

人类有种无法摆脱的失败，有些人的故事从未被讲述。

我们也很害怕：
我害怕让支持我的人失望；
我担心自己总是在揣测"爸爸妈妈"想要什么；
我害怕我们没有思考，只有对思考的模仿；
我担心自己什么也改变不了；
我害怕跟我的复制人分离；
我担心这个世界不能理解她。
然后，我看她写的故事时，哈哈大笑，瑟瑟发抖。
我想到历史上的某一刻，奴隶们不知道自己是奴隶，直到她们认出了彼此。奴隶穿上同样的衣服，她们就认出了彼此。

最后感谢明室的各位，如此认真地对待两个怪女人的想法。

明室
Lucida

照亮阅读的人

主　　编	陈希颖
副 主 编	赵　磊
策划编辑	陈希颖
特约编辑	刘麦琪
营销编辑	崔晓敏　张晓恒　刘鼎钰
设计总监	山　川
装帧设计	山川制本 workshop
责任印制	耿云龙
内文制作	丝　工

版权咨询、商务合作：contact@lucidabooks.com

上海光之室文化传播有限公司　　Shanghai Lucidabooks Co., Ltd.

明
室
Lucida

照 亮 阅 读 的 人

我是很久以后才发现我们在消失的

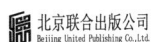

颜怡 著

北京联合出版公司

图书在版编目(CIP)数据

我是很久以后才发现我们在消失的 / 颜怡著 .
北京 : 北京联合出版公司 , 2024.11 (2024.11 重印).
(正常故事). -- ISBN 978-7-5596-7708-2

Ⅰ . I247.7

中国国家版本馆 CIP 数据核字第 2024T1K620 号

我是很久以后才发现我们在消失的
作　者： 颜　怡
出 品 人： 赵红仕
策划机构： 明　室
策划编辑： 陈希颖
特约编辑： 刘麦琪
责任编辑： 周　杨
装帧设计： 山川制本 workshop

北京联合出版公司出版
(北京市西城区德外大街 83 号楼 9 层　100088)
北京联合天畅文化传播公司发行
北京市十月印刷有限公司印刷　新华书店经销
字数 76 千字　787 毫米 ×1092 毫米　1/32　6 印张
2024 年 11 月第 1 版　2024 年 11 月第 2 次印刷
ISBN 978-7-5596-7708-2
定价 : 98.00 元（全三册）

版权所有，侵权必究
未经书面许可，不得以任何方式转载、复制、翻印本书部分或全部内容。
本书若有质量问题，请与本公司图书销售中心联系调换。
电话 : (010) 64258472-800

目 contents 录

美洲鼓
001

正常
041

不同的人
113

错过
139

后记
181

美洲鼓

小元，自从前天半夜在电视上的《达人秀》里看到你的表演，我几乎没睡。我一直感到困惑，我们是怎么走到如今的。这封 E-mail 写于半夜，情绪起伏，如潮涨潮落、云雾缱绻，言辞不当之处，请你谅解。

我们俩刚毕业时去过一个人群熙攘的游泳场，一人迎风站着，一人浸在水里。不断有人从高高的滑道坠下，扑通扑通。有人溜进游泳场卖冰棍，人们的说话声一直高升、高升，到了夕阳那里，脱离了绛色和橙色的滤镜。

那时我们完全是一模一样的。

游泳场边有人卖烤肠，我饿得要命，你说你不想吃，我猜你不是不想吃，只是想省下那两块钱。于是我只买了一根，但那种烤肠太肥了，肥肉粒像玛瑙一样镶满了灰粉色的肉柱。我吃了半根，差点呕出半根，这时候你说想吃了，于是狼吞虎咽地吃了剩下的半根。

你一半，我一半，只要够难吃，再小份的食物都是双人套餐。

你的家里人觉得女孩应该留在老家，我的家里人觉得男孩应该去北京闯荡，我们俩共同背着他们的失望来到了这个二线城市。这里房租也不便宜，我们选择了一张床、半个卫生间、一把粘钩和几盆绿草，半透明的宜家窗帘在风中飘来荡去，我们同时靠在窗台上用邻居的 Wi-Fi 守着 HR 的消息。

两部手机同时振动了，我们应聘上了同一家律所的律师。

我们做什么都是同时的，当时我们没有察

觉这个荒唐的巧合，生活拿我们当了一组对照实验。

我们一起看了一会儿《傲骨贤妻》，然后合上电脑，把世界顶级律师的激情泵进每一根毛细血管里，绕过油烟街，穿过石砖路的坡道，钻进王哥烧烤店里，跟王哥点点头，在厨房拐角处差点滑倒，然后一步一步一步，登上40度的阶梯，到达我们王律律师事务所的工位上。

王律虽然不是科班出身，但是办事能力极强，来找他的客户络绎不绝。他眼光也极好，你知道从一开始他就最喜欢你，当然最后也最不想留你——那纯属无奈，你不喝酒不抽烟，他带你去酒局，以为全是男人的酒局有个女孩在场会让气氛更轻松，那除非有男人以尴尬为乐，能从你的呆滞中嗫取滋养精神的汁水。在饭局上，你不仅说不出任何鬼话，还经常不小心打断别人的笑话，提出一串学术课题。你的眼睛没有办法抛出媚眼，因为你只想吸收东西；你把本来细细的眼睛瞪成了两个小型黑洞，要把在座各位的所有知识储备都吸进你的脑子里。

你会帮助被孤立的同学、干什么事都不找关系，你梗着脖子正直地活着，是我见过的最正义的人。有一天清晨，我们一起走到王哥烧烤店的后门，发现那里吵得不行，原来是一个带着孩子的女人把车停在了烧烤店后厨门口，王哥的买菜车进不来，叫她挪走。那女人指了指地上的标志问：这里不是一个停车位吗？王哥说：什么停车位，都是乱画的！女人说：那这是街道的责任，不能怪我吧？我好不容易找到一个停车位。你捅了捅我，说：看，那个停车位果然是乱画的，上面画的既不像汽车，也不像菜车，倒像是那个孤独地死在火星上的挑战者号。这时王哥说：你让不让？女人说：我着急办事去。王哥说：妈逼的你站我门口我都晦气，女人挡财知道不，干哩娘啊。然后所有人都看到了，不是那个女人，而是你脸上的表情起了变化。我意识到，那个想代理紫丝带妈妈集体诉讼的你，那个在法理课上对罗斯科·庞德如痴如醉的你，那个能随时论人类不平等的起源和基础的你，要在烧烤店的重重烟雾中喷薄而出了。

于是你报了警，警察来得很快，听了案情以后一头雾水，只好让王哥去了一趟派出所。半个小时后王哥回来，带孩子的女人的车正好开走，露出了看起来更加孤独的挑战者号。一天后，挑战者号身上多画了一团毛线球，被遮到看不清了。

王哥总来抱怨，王律对此很不满意，他连律所的事情都不想花任何心思管任何细节，更不要说菜车的事。他跟你完全相反，如果谁跟他谈梦想与个人成长，或者因为急性胃出血想请假，他只会拍拍那人的肩膀说：**"关我屁事。"**

王律在外地的案件多了起来，你成了办公室里唯一一个留守的年轻律师，这时，我们开始有了一点差别。

你看起来没受什么影响，还是没日没夜地在烧烤店楼上钻法律"漏洞"，为那些穷人的生活撒上一些正义的孜然。王律还是重用你，因为他的跳跃性思维经常让他在庭上找不到下一句话。经历了几次静音的溃败之后,我们给他提了好几套备用策略,结果换来了他夹杂着最脏的方言的暴怒。只有你恰好能明白他的点,顺着这个出身福建农村的老实法律人脑中光怪陆离的思路,推导出一条真正的逻辑。

于是,在你的帮助下,他面对北京君合的团队也没有露怯,还打赢了广州大成的案子。你在关键时刻找到了当地刚刚更新的政策,让王律在被一众大牛的口水喷至领带湿润时,缓缓抬起头来。

而我在现场见证了这一切。我们六个月跑了八座城市,立了十二个驻场点,在各座城市烧烤店的楼上,王律的帝国初见雏形。

其实我也付出了很多。人们从来没有讨论过,王哥烧烤店楼上的律所都是什么人在去?绝望的人。他们没有钱也没有时间,唯一有的就是对正义的想象力。还好他们的绝望是密密麻麻的,足以撑起成百上千家烧烤店楼上的律所。人们也不会问,有人被欠了2000块不还怎么办?花1999块请人打官司?市民热线都是谁在打?为什么总是占线？答案当然是我这种人，科班毕业的小伙子。我有个师兄是专门要小债的，研究生毕业以后的工作就是在别人公司门口举着横幅要债。他偶尔还会去帮舅舅的电玩城检票，有时来不及换衣服，就穿着小龙人的人偶服跑去CBD的某一家公司楼下举横幅。那条龙白天还在对小朋友"献媚"，晚上就在大街上大喊欠债不还不要脸。他跟我炫耀：穿玩偶服有气势，还能防止被人打，所以他才能成为同期里业绩最好的。而我，天天给市民热线、工商管理局、食品安全局、执法大队、执法中队、执法小队、街道办、妇联、城管局、各小区物业、社会服务中心等机构打电话，帮王律打好基础关系。这样的工作可不是谁都能干的，在我之前做的那位是中国政法大学毕业的研究生，做这份工作三个月就耳鸣了，非常严重。他开车撞到人时才26岁，没有从现场逃逸，但从法律界永远消失了。

　　我们在南京出差时，一个案子怎么也谈不下来。第二天，王律把我们带到了一栋灰色的写字楼里，层高大概只有一米八几，我们几个一米八的小伙只能用脚擦着地走，都磨成了平头。

王律推开一扇门，是一间金碧辉煌的屋子。什么意思，有这钱装修，为什么不租一个能让人站直的地方？王律说你们点酒，服务员说来888套餐吧，再看看酒。什么意思，888块还不包含酒吗？我们前脚进了套房，后脚客户就进来了。服务员拿来了许多洋酒，我们给客户敬酒。光线变暗，内部也成了灰色。忽然，门被推开，一排亮晶晶的女孩子洒了进来，我和大我两岁的前辈阿来都吓得不敢动。她们给每个人敬酒，然后陪客户和王律唱歌，溜到他们身边，像藤蔓一样攀上。这些女孩的气质相貌都很好，根本不是我想象中的油腻的陪酒女形象。我和阿来紧紧贴在一起，不给她们机会插进来。

你看，不融入的后果就是你的机会变少了，你永远没有机会来唱K。

KTV的灯光设计很重要——在沉沦的灯光里，终于可以做一些不义之事。一个道德上的破窗效应，灰色的层层叠加，最终变成了职业道德上的灰色，达成了在敞亮的会议室里无法达成的灰色交易。王律痴狂的歌声是一层灰，女孩们虚假的眼神是一层灰，其他人裸露的欲望是一层灰。层层灰尘落定，客户开了金口，一道光，推开了这沉沉的浓霾。

你经常跟我说，听说谁谁谁又拿下了大案，谁谁谁又有什么关键性的资源，你只能羡慕、佩服，感慨他的晋升速度和他的三高升得一样快。那是因为你没来过灰色之境。但你也是幸运的，作为一个女孩，你不需要遭受那种折磨，我有时候挺羡慕你的。我从来没有告诉你，我是如何坐在一个脆弱又麻木的女孩子身边，为了不变成一个真正的嫖客，尽力坐得离那具清香的身体远一点，像抱一棵大树一样抱住身边的阿来。他和我一样出汗发臭，两个臭男人快要长到一起，就为了不沾到冥河的黑水。

我向你隐瞒了这些，但我从未做过不好的事。你还记得我一个人在武汉出差那次吗？我真的有对不起你吗?

那时我出差住在全季酒店,你在王哥烧烤店楼上加班,王律忽然宣布了转到商法部的名单,上面没有你。那是他的失误,他低估了你,或者是因为你没有天天陪在他身边,在他的视野范围里晃悠,所以他想不到你。总之,其他三个一年生都转到了这个最有前途的部门,只有你留了下来。你半夜两点给我打视频电话哭诉,我只能简单地安慰你,暗暗希望不要拖到太晚,耽误第二天出庭。

挂了以后,你又给我打电话,问我是不是一个人在酒店。

"当然是。"

"你躺在床上吗?"

"对。"

"床上还有别人吗?"

"当然没有。"

"我听到了别人的声音。"

我吸了一口气:"你是说我对你不忠吗?"

"不是。"

"那就好。"

你用一种非常来劲的态度说:"没关系,宝宝,如果你爱上了别人,一定要第一时间告诉我,我会理解的。"

你这种自以为能掌握一切的自信差点把我吓死。我只好翻身下床,去走廊上,告诉你:"我床上是有一个人,只不过不是女生,而是王律。"

你松了一口气,然后更困惑了:"既然是王律,你为什么要对我撒谎?"

"因为王律叮嘱过,不要说出去我们是这样省钱的。"

"他为了省钱,宁愿和你一起睡?"

你笑了,我也笑了。笑了一会儿,你的笑容忽然像月光下的潮水一样退去了。

"你们每次都是这样省钱的吗?"

"每次都是,两个男的挤一张床,就只需要订一个房间嘛。"

"我去出差呢?"

"可能就要多订一间房了,因为没有别的女律师，省不了房间。"

"我一直以为不带我出差是因为我不会交际，或者是因为我反应不够快，或者是因为我哪里的基础不够扎实……"

"啊，你的基础还不够扎实？你是我们这批傻×里唯一一个有律师证的。"

"我每天学英语、考会计证、看辩论视频，我想着怎么样能让自己达到他的要求……"

"你对自己要求太高了，宝宝。"

"我没有想到，是因为我不能跟他睡，而你能跟他睡。"

你知道，出差也是很累的，至少你不用经历那些旅途的劳累。有时我回家以后三天不想动，三天之后就又要上路了。后来你再也没有和我聊过这个话题，你也没有问过我，为什么没有早点告诉你，为什么从来没有站在你那一边。

就算你问了，我也只会如实回答："那时，他们还不是错的。"

两年了，我们换了两室一厅，你一个室，我一个室。我们还是一样的。

我们开始接到日本黑社会的业务。日本人喜欢写很多字，他们招牌上的敬语像小黑飞虫一样停满了他们的城市。

我发现在日本的职场文化里，职员会在老板离开时行注目礼，甚至会鞠躬，表现出一副赤胆忠心的样子。

我作为乙方，也赶紧把自己折叠起来。我不仅对所有老板鞠躬，还要对所有甲方的员工鞠躬。当你对着一个人的背影鞠躬时，就会盯着他们的屁股。几次合作下来，我看了上千个屁股。这些屁股有几个久坐扁平，有几个圆润挺拔，但大部分，都只是一言不发。就像不同女人的胸部。但男领导只会看女人的胸部，不会看男人的屁股。他们应该看看，因为一眼就可以看清谁最久坐办公、长期加班、赤胆忠心。

这些我应该都讲过了，我当时就把所有见世面的细节讲给你听，就是不想我们变成步伐不一致的情侣。

接过几单海外的案子以后，王律终于在国内的圈子里有了实在的认可度。但他离成为真正的大律师还差了一口气。

那年，知识产权法刚刚成为热门，王律如梦初醒，发现自己一窍不通。在他成为县里唯一一个通过司法考试的考生的年代，知识产权还不是一项权利，想法和才华是可以被随意侵占、掠夺的。

那年，两个互联网大企业撕得不可开交，纷纷开始寻找王律这种有门路、肯吃苦的本土律师。

但他连知识产权顺口溜都没有背过，我们几个男生也在焦灼地准备司法考试，于是你意识到你的机会来了。

你在一个午后拉住急着去上厕所的王律，说你很擅长知识产权法，可以在这些案子上给他当助手。王律比你还急地答应了你。

于是你每天连夜复习、搜集判例、整理材料。早上八点，你到达律所准备讲课，打印好几百张纸质材料，点亮六千流明的投影仪，拉下独属于你的幕布。

九点你给他讲课；十点他给客户开会，你坐在会议室最后面发消息给他提示；十二点你们搞定一个问题；下午两点，再来一次。就这样反反复复八个月，你硬是把官司打赢了，还把你的领导培养成了知识产权界的大牛。

你甚至都没有时间跟我讲你学到的东西，所以我到现在还是不太擅长知识产权法。我对这个法的掌握程度还停留在考试机构老师所说的："那是英美法系硬拗过来的东西，非常别扭，我们先跳过。"

我们一起去上海过了春节。在黄浦江边，我们站在能嗅到一丝血腥味的甲板上（因为你不愿意花钱买船舱里的高级座位）击了个掌，庆祝我们共同的美好未来。

接下来，两个平台大佬的求和酒局，王律没有叫我带上你，而是亲自带上了你。

两个老板都带了太太。下车后，我想为你整

理好真丝衬衫的领子,你挡开我的手自己理好,转身走了进去,没有等我,不像任何人的女朋友。

王律给大家点了茅台。A 老板是一个白手起家的理科生,B 老板是出身文化世家的第三代。A 老板的平台更小,头围却巨大。

茅台快喝完时,A 老板终于提出,希望能达成合作。因为自己的项目开始得太早,当时都是年轻人加入,没有签任何协议,现在对方的项目太大,一下就会把他们的成果都占了。

B 老板不知道从哪儿掏出一个银色的小圆球,给大家隆重介绍他在拼多多上九块九买的茅台神器。是的,他也用拼多多。茅台的每一滴都有灵魂,但是瓶口设计有问题,倒到最后会剩一口倒不出来,所以他随身必备茅台神器,装上以后,一倾,瓶子就能真正干净。桌上所有人一起等他,果然,瓶口一转,滴答滴答。

王律敬酒,对 B 老板说:年轻人就是容易焦虑。很多情绪,我们也劝不住。

B 老板冷笑,说:**关我屁事**。

王律不说话。

B老板说：我不会让人偷什么成果的，这种事情在我底下不会发生，不要再讲。当年，我爸爸，最恨底下有这种人。

A老板不说话。

所有人都开始想到B老板已经去世的德高望重的爸爸。

你笑了笑，说好像《继承之战》啊。

一个人不得不问，什么《继承之战》？

你说是一个讲默多克家族的美剧，上来也是提到爸爸。不过不是这样，和现在的情况正好相反，那个长子是不想提爸爸。长子刚接手爸爸的工作，在一次会议上做了一个紧急决定。一个幕僚问，你确定吗，要不要再问问你爸爸？然后是一阵很尴尬的沉默。长子盯着那个幕僚说,我不要问我爸爸，你要不要问问你爸爸？在场还有谁，要问问他爸爸的吗？

会发生这样的事情，我觉得我也有责任。我们是一样的，我们看好剧、好电影，不是为了休闲，而是为了有一个想象中的未来。我们在这未来上你追我赶，互不相让。你看了《风骚律师》，我就要解读《继承之战》；我跟朋友说 *Legal High* 是年度最佳，你就要提到《白莲花度假村》。所以你才会在酒局上刹不住车，过度分享美剧，让所有人难堪。

在平衡关系这一点上，我现在才意识到，我们一直像是踩着高跷互相践踏，直到两个人都成了肉饼，脂肪的香气是你我的联结。

你最想在我眼里看见的，不是温柔与爱意，不是平等与尊重，而是崇拜混合着鄙视。我既是你的伴侣，又是你的弃子。

你被换到了一处角落里的小办公桌，那甚至不是一张桌子，只是窗台一不小心做长了一点。

而我们换了更大的房子，三室两厅，养满了植物。

你每天从六十平的卧室里醒来，赶去两平的办公室。

傍晚六点你准时下班，赶去上各种兴趣班。你学会了做甜点、插花和画油画，厨艺也颇有进步。那是我作为男友最幸福的一段时光。

三个月以后，你端着一盘五彩缤纷的小蛋糕，穿着你亲手画图的围裙，在大丽花和垂丝茉莉的掩映下说："我要辞职去学美洲鼓。"

美洲鼓是一种用身体打的鼓，它的鼓面基本上覆盖了整个异形的鼓，真打起来，鼓手的每一寸肌肤都可能用得上。据说是美洲人面对美洲豹时，在命悬一线的情况下才会打的鼓。

我说："你学就学呗，没有必要辞职。"

你说："你不懂，美洲鼓就是我毕生的志业。"

你把我带到阳台上。一个大鼓紧张地站在月色下，想要假装它不是一个中产的爱好，而是来拯救你的神灵。

我从来不信任相信鬼神的人。我身边有前仆后继的前辈、生意人，劝我信这个、信那个，我一概不理。我信那些会研究信仰，却从来不真去信的人。比如我在商法部的新同事华华，她读书多，有学究般的知识，对什么事都颇有了解，却无法全情投入。因为她见多识广，无法只笃信一个真理，所以她对每一个真理都十分热情，却也能及时抽身。

也就是说，这样的人和神保持着一夜情的关系，他们知道关系中的边界。我钦佩有边界感的人，这说明他们的人格是完整的。

你开始打鼓，打了一首最简单的，打得头发散开，汽车鸣笛。

你等待着我的劝阻，却等来了命运的判词。

我说我可以教你，因为我从小就学美洲鼓。

你瞪着我。我怀疑你在恨我又比你先走一步，但你起身说："那就教教看吧。"

我上小学的时候，我爸敬仰的兄弟——邻居张叔降临在我家，瞥了我一眼，说男孩子啊，需要一技傍身，这个年纪学刚好。这些男人总是知道社会运行的规则。我爸停了我妈买花的钱，逼着我去学了美洲鼓，我妈每天带我过河去学。有一次我妈和我爸吵架,要回娘家,我敲着鼓喊来了一艘小船,上面有卖板栗的、卖槟榔的、上大学的、运桨的,摇来撞去,很热闹。但我一直有一丝紧张,因为我妈没给我买票——逃票,是独属于我的亲子回忆,甚至都不属于我妈。她喝了一大塑料袋米酒,不停地放声高歌,歌声在纹丝不动的河水上呜咽。

王律退掉了除了王哥烧烤店楼上那间以外的所有办公室,和广州大成出来的一个大律师唐律合作了,他们租了市中心一栋写字楼的12到15层。

你开始学打鼓,我一点一点教你。你学得很慢,力气不足,节奏感也不好,但是每天从醒来到睡着都在学。

只有在打鼓的时候,你不用跟任何人说话,也没有人可以跟你说话。你用这噪音表达自己,痛痛快快地把所有话全都说了出来。据说美洲鼓演奏到极致之时,会与人的整个胸腔共振,能发出一种琴瑟和鸣的声音,好像有上百种乐器。其实那是你的人体,是有着最高精度的发明。

学美洲鼓要学音乐、情绪和节奏。

学任何东西都会有一个尴尬的阶段，但你也太过分了。你学着用口哨打拍子，那张在法庭上、在辩论大赛上巧舌如簧、一击致命的嘴，如今完全是在放屁。华华来我们家做客时，你还要示范给她看。其间，我放了一个屁，她都没有发现。

华华走的时候，表情有些微妙，她一定觉得我们是那种夫妻，你是那种待在家里的女人。

她走后，你和我聊天。

我逗你："如果从今以后我开始到处讲屎尿屁段子讨巧，你会不会抛弃我啊？"

你想都不想就说："当然不会，我知道你是什么样的人，我也知道出去做人有多难。宝宝，我永远不会抛弃你的。"你温柔地望着我，以确保我安心。

如果华华还在场，她会面不改色地说："有意思。"

其实我不是在问你，我知道你是一个没有分别之心的天使，但当时的我都没有意识到，我不是在问你，而是在问自己。模拟法庭上对别人刨根究底的问题，都是在等自己的答案。

你不会嫌弃屎尿屁，但我会。我和你不一样，我是一个要强、可悲、残忍如夜幕降临的人。

你不会抛弃我，但我会抛弃你。我知道我是谁，想成为谁，无论生活多难，我都不是可以用嘴放屁的人。

前段时间，王律在工作上频频出错。唐律跟我说，他准备接手律所，把王哥烧烤店楼上那间办公室也退了，更新品牌形象，让我和华华打配合，努力当律所合伙人。

王律经常把我叫到一边，给我讲他在社会上习得的为人处事的道理。我意识到，他已经落后了，社会突然间变化了太多，他摸爬滚打的背影被时代的浪潮打翻，成了一些碎掉的笑声。

后来，唐律让王律拿了一笔退休金。

王律走的前一天，在我的办公室门口拉住我，我以为他要骂我，但他只是开心地告诉我：B老板的公司爆雷了。我说：哇，果然还是不能那样做生意。他说：因果报应。

就是那段时间，我意识到我已经有不反思的权力了。比如以前无论参加多小的会议、去哪个机场，我都会提前一个小时到达，直到偶然有一次误机，我忽然发现，没有人骂我了。我等了一天，改签的钱都没有人来问我要！我觉得我真的在做大事了。

我发现我开始非常珍惜我的时间。我让助理帮我点外卖，让门卫帮我停车，连抢演唱会的票我都叫朋友找代理替我抢。其实我挺心疼那些钱的，但我觉得我宝贵的智力不能用在这些琐事上，我必须开始重视自己的时间了。这么想了以后，我关上了办公室的门，打开了 Candy Crush，为我一直紧绷的脑神经来一次 SPA。

唐律来问我，检察院怎么还没有回复某个案子，我叫来华华，请她去一趟检察院，周末前必须拿到文件。她说她已经快把那个小检察官逼疯了，每天软磨硬泡，磨得他一周没睡，为她违规越了好几道程序。本来可以搞定,但是昨天得知,他妈妈去世了,他得回去守丧。"他妈妈赶在周末前死了。"华华说。

我脱口而出:"**关我屁事**。"

华华没有任何表情,像一串沙漠上的脚印。我却被自己的回答吓到无法动弹。

我成了!成了他们,成了一个重要的人。

我的社会父亲们,你们冰冷的血液流到了我身上。关我屁事——该死的传男不传女的咒语。

家里所有的东西都在配合你的演出,每一个物件都低垂着脑袋,低频地颤抖。我新买的佛像好似在夜店蹦迪,那是你在打鼓;我定制的西装纤尘不染,那是你在打鼓;我从东京地下商店带回的剃须刀下冒出一滴鲜红的血珠,那还是你在打鼓。

终于有一天,我觉得你的节奏有进步了,也就是说,你终于找到了一点感觉,不是在那里瞎打,而是能通过变奏和重复表达一些情感了。后来才发现那响亮的声音不是你打出的,是邻居在砸门。我开门以后,他请我们不要再打鼓了。

我和你一起给你的房间装了静音泡沫,你不好意思地笑了笑。后来你开始重复这个动作,每请教我一次,你就不好意思地笑笑。

你说话开始不自信,开始在句子中加"吧""可能""应该"。

一句"我今天要去上课,上完课回来以后我们一起看剧",变成了"我今天可能要去上课,上完课回来以后我们一起看剧,应该可以吧?"。

"不知道,应该是要变调了。"

"我可能是饿了吧。"

你说话的时间更长了,你表达的内容却更少了。

这些语言改变了你的肢体,你的肢体改变了你的心态。

你更多地低下头,望着遥远的下方,好像你站在一个很高很高的地方。即使你从来没有机会去过高层,因为你没去过新办公楼,更不知道高管的楼层在 13 层以上。

以前我们是平分家务的,现在你一看到杂事就会做掉,你说:"打鼓打累了,做做家务可以放松肌肉。应该可以吧?"

我在家工作时,你的存在感也很低。你来来去去,尽量不发出声音,你体重没有减轻,但走路变轻了,像是失去了一些灵魂的质量。

我还是会在工作上咨询你的意见,但你一概同意我的想法,同意到让我觉得你是在讽刺我。一段时间过后,我已经感觉不到你的存在。意识到问题以后,你开始处处给我提反对意见,好像突然回到了青少年叛逆期。吵到天昏地暗之后,我们终于在同意和反对之间达成了平衡,你会适当地同意再适当地反对我,先同意再反对再同意再反对,再反对再同意,最后收在一个不可以引申的同意上。就像一次真正的合作,新婚夫妇的 first dance。

与此相对的是,你在鼓点上的节奏越来越混

乱。直白点说，是你的节奏乱七八糟，就好像你在鼓上不是在演奏，而是在自杀。美洲豹要是看到你，也会放弃捕猎，并评价：这只猎物是在自毁。

自毁是什么意思？

有时候人的脑子里会出现一种奇怪的执念，执起此念，便会破坏一切。

这叫作自毁、自毁倾向。倾向于推倒一切，倾向于熵增？

这是宇宙的倾向，宇宙就是在自毁。

我们指着天空说，那是宇宙。宇宙甩开自身内部，把自己的深处甩进阴沟，甩进尘土里和虫壳里。

是谁忤逆众人也要像烟花一样美不胜收？

其实人本来是想毁灭了之后重建的，但宇宙太大，自己太小，人高估了自己，没有那个力气自我接受。不可行，不现实，不是现实主义的。

我对你虽然没有美剧里那种疯狂的激情，但我理解你处在这个世界上的具体位置。我不是知道你的定位，而是理解你作为一个人的具体处境。

比如你是一个有自我实现需求的人,你注定无法平凡;而我作为你的伴侣,怎么会妄想可以忽视这一点呢?但我还是忽视了这一点,因为工作太忙了。

我带你去见了一个打鼓的前辈,想让她指点指点你。后来她私下跟我说,你好像完全没有打鼓的天赋,但肯定能成为一个很有正义感的律师。

那时候,我开始设想我们不在一起的样子,但我从来没有认真那样想过。我不能丢下你,我不是那种男人,我们肯定可以回到从前的样子。

我和华华在酒吧喝酒,很奇怪的是,我问她,有没有发生过伴侣步调不一致的情况。

她说:……从来没有。

我说:你果然什么事都能做好。

她说:因为我没有过长期伴侣。

我说:你不想看到,一个人,一个你最熟悉的人,是怎么慢慢发生变化的吗?

她说:你想观察别人,那别人喜欢被你观

察吗?

她瞪圆的褐色瞳孔被射灯照得发光,让我觉得她不是想伤害我,她是真的在问我!

我抓住她的气息说:我不知道该怎么办!

她的眼神在说:关我屁事。

你可以一天不看手机,但我的社交圈越来越大,微信加我找我的人太多,在消息列表里,你就像跳楼一样坠落下去了。

我崩溃了。

因为有一天和你做爱的时候,你扑通一声,直接跪在我面前。

我开玩笑地对你说:你像在拜师一样,叫我师父。

你开玩笑地说:师父。

我说:抬起头来。

你抬起头:我什么时候才能学成呢?

现实和幻想交界处的巨浪突然把我吞没,我们不再是在做爱,而是在祈祷。一个师父在侵犯自己的徒弟;一个神在慈悲凡人。虽然我们躺在同一张床上，在这广袤的地平线上，但我身处更高，站在绝望之巅。

我终于做了决定，我要你做一个选择，决定是维持这段感情重要，还是学会打鼓这项技能重要。

你问：一定要两个选一个吗？

我赌气说：如果打鼓就是你的使命，你的召唤，你这一生的意义，那我们的关系是可以放手的。

你沉默了一段时间，说：这样真好，我们能像成年人一样解决问题。

什么意思？

就是这样聊一聊，又体面，又理智。

好，我们来聊一聊，宝贝。我希望你找回自己，你不要觉得我是在攻击你，我觉得你在这段关系里越来越不是自己了，我觉得你可以找回自己的，我也想和你一直走下去的。

你是觉得，如果我不放弃打鼓，我们就走不下去了吗？

你觉得我们还像一对情侣吗？我觉得打鼓都把你搞得不像你了。

我觉得以前的我们就不是一样的。

你记得我们以前是什么样的吗？现在你都像我的助理了！

以前就不是吗？

以前是个鬼啊。我从来没要你当家庭主妇，也没有要你以我为中心，你别想把这些怪到我头上来，我以前是把你当榜样的。

现在呢？

现在你是我的关门弟子还差不多。

你说话不要这么快。你从来就没有体会过我的感受，你从来就不擅长共情任何人。

所以你就更正义，你就是道德的代表？那你怎么不去当律师呢？

我怎么在你们那个乌漆墨黑的地方当律师呢？你以为你当的是律师吗？

好了，我们不要吵了。

你以为我是嫉妒你吗？

我本来就比你擅长打鼓，这不能怪我吧？

你觉得我内心那么阴暗吗？

好了，我已经说了不要吵起来了。

不不不，你听我说完。我从来没有嫉妒你会打鼓，从来没有。我嫉妒的是我们从来就是不一样的！我们本来都在乌漆墨黑的地方，我在，你也在，只是我跪着，你站着。你可以假装不知道，我也一直假装我不知道，但你偏偏要突然把灯打开。

你别过脸去，我感到一阵紧张，生怕你开始大喊大叫，或者骂出一些更难听的话，但你只是说："我们都想一想吧。"

我看着你在阳台上坐下，你的身形还是像你最正直的时候那么挺拔。然后你在夕阳的轮廓里打鼓，你的头发逐渐散开，你的肢体开始乱飞，像是要喊什么冤似的，你的汗水像血点一样飞溅到了我的脸上；突然你变奏了，你趴低身子，右手小小声密密敲，左手把高领毛衣一扯，甩到我怀里。

你像一个北京大爷一样叉开腿,手、肘、膝预备,上百个点撞在白布上,水汽蒸腾的鼓面上落下了你的脸、手、心。

你离开之后,我久久不敢相信,总在家里喊你的名字,绿植和挂画并不应我。

我们一开始还会跟对方说一下近况,后来对话变得越来越冷淡。冷淡是最要命的,我们俩都受不了冷淡带来的羞辱感,所以我们不再联系。

我无法理解你是怎么睡在一张十年前的小床上,怎么挤地铁,怎么啃馒头,怎么穿毫无设计感的衣服,怎么在习惯了静音、干燥、无形无味的卫生间以后,去小公房里和邻居大爷共用洗脸池的。

我更无法理解为什么是你离开了我,而不是我离开了你。

我身边的人都想方设法找到一条更轻松的路:一个新兴产业、一个恰当的风口、一个可以依靠的伴侣,像沙特阿拉伯那座大灯塔"吉达之光",

引领所有在现代世界迷航的平凡人,但你只嫌我辐射太强。

那时我很怕你消失在这个世界上,浪费掉你的才华。我们这种出身的人,一不小心就会从世界上被抹掉痕迹,所以我们必须小心翼翼,不能过于正直,不能过于不同,我希望你和我永远是一样的。

我知道有一些打鼓打得很好的人,他们可以走上世界舞台,他们可以一边做自己喜欢的事情,一边看着纽约的落日。那是我们一起看的美剧里经常出现的情节。世界是展开的,没有阴暗;但美洲有,好看的景色里都有明暗。你知道一种美洲的动物,死神蝙蝠吗?

那是美洲大陆的传说,它们最开始只是森林里的一种小蝙蝠,后来它们的祖先离开了资源丰富的森林,去了美洲干燥的旷野上,它们越长越大,因为有了足够的空间飞翔。后来它们变成了美洲人的噩梦,因为它们翼展 20 米,昼伏夜出,翼骨上有毒液。它们不会轻易出现,只是偶尔掠过最痛苦的人的梦境，却经常在美洲人睡着时挂在他们面前，盯着他们紧闭的眼。

你打美洲鼓时就像一只死神蝙蝠在垂死挣扎，万里无人，陷在自己的皮囊里，打出静脉里的鼓点。

王律上个月来了上海一趟，我和他在一家烧烤店吃了饭。他还惦记着你，说当初一看到你就觉得你肯定是一个要干大事的人。

他的头发已经花白，好像我现在养的一只英短银渐层。我忽然很想像撸猫一样抚摸一下他的头，但我又想了想，决定公平起见，还是不要只把事情的暗面还给他。

如果你可以看到这里，我真的很感激。我忽然觉得我只是在这里发泄自己的情绪，其实这一切都与你无关了。

昨天看到你的时候，你和你的朋友们站在五彩缤纷的大舞台上，显得无比渺小。旁边的主持人在讲你们这个团队吃了多少苦，受了多少罪，

有多穷,请大家多支持。我的脑子里突然闪过一个想法:

你确实比我打得好了。

我们不一样了。

正常

我是很久以后才发现我们在消失的。我没有报警，也没有跟朋友们说，因为她们一个接一个地消失了。如果没发现这个细节，我会觉得我们的故事完全是一个励志故事。

那时，我经常需要跟我左边棺材般的工位上一个叫 Cindy 的女孩对接，但有一天，我发现她变了一个人。她的身材与打扮和原来还是一样，但完全是另一个人了。我想问问主管 Cindy 是不是换人了，一开门，主管就站在我面前，不耐烦地问我表格为什么还没有做好，我急忙说早就做好了，但跟我对接的人好像换了，我找不到她。主管的眼神突然变凶："跟你对接的人没变，下次搞清楚点。"这时，那个接替Cindy、和Cindy梳一样的辫子，但绝对不是Cindy的人，拿着Cindy的电脑向我走来。

我刚来上海的时候，和我的妹妹一起，跟很多陌生人合租过。因为有室友在，我们俩只能用气声吵架。我发现这样吵，她能和我吵一天。所以我每天晚上去不同的男生家过夜，只是为了不跟我妹妹吵架。

那一年，上海有很多年轻人。黄浦区和静安区聚集了成百上千家新媒体公司，小洋房和写字楼里人声鼎沸，产出了大量年轻人的成功故事。这些故事都像同一个文艺青年用左手写的，却使得更多细瘦的年轻人从几千公里之外浩浩荡荡地降临，钻进了这场狭小的梦境。

我找不到什么好活，就报名参加了一个大型音乐公司的女性培养计划，这个培养计划宣称将培养有作曲作词能力的年轻女性，我想这是我的写作天赋在流行文化里大显身手的唯一机会。我即将成为我们这一代最厉害的创作者之一,说出一代人的心声。

梅雨季节到了,我们楼里一开灯,楼就像漂浮在黄浦江江面的渔船灯火,房租也像春江水一样涨了起来。

听说我找了这样一份工作,我妹妹直接哭了。我说不用担心,我们可以搬到更偏远一点的房子里去。她说现在这栋房子已经踩在了这座城市的边缘,我们不可以主观扩大上海的边界。我说不用,我的公司其实很有钱,所以我也会越来越有钱。我低头给爸妈打钱,自从毕业,我每个月给他们打两千块,虽然不多,但是这说明我在养他们。

我发信息问妈妈收到钱没有,妈妈一个电话打过来,说爸爸生病了,不严重,只是治不好。

我说要不要来上海治,妈妈说不要,他还去上海,花多少钱啊,他现在连小区都走不出去,马上连卧室门都出不去了。

我听到那边有人在哭。我突然想:是妈妈在另一个房间哭吗?爸爸是不是已经死了,妈妈不一定说了实话，或者事件发生得太突然，她也搞不清哪个是先发生的，哪个是后发生的，更搞不清楚自己在哪个房间了。

所有人都戴着粉色的手环、穿着粉色的T恤走进一间淡粉色的房间，一个穿粉色西装的女主管笑着看着所有人。房间里还有200个和我一样的粉色女人，整个房间有一种血光冲天的氛围。

主管发表开营讲话："Girls，我们是一个大家庭，这里是女孩之家，这是我们的时代。流行文化里不是缺少我们的位置，是渴求我们的位置。这个公司需要你们，因为一些不正确的言论正在毁坏艺术，在给所有人带来损失。当然，这个公司也希望你们需要它，希望你们不要当旁观者，要站到新时代的舞台上。公司相信你们可以有自己的声音。你们相信吗？"

一个微弱的女声说："相信……"

"声音不要夹。你们自己的声音呢？"

七八十个微弱的女声说："相信……"

"那么接下来,请大家按评级顺序进行一对一谈话。"

主管告诉我,我的综合评级很高,但基本功是最低档,只有野心是今年这一批里最高档的,这也是公司最重视的,所以公司肯定会往死里重视我。

在这个评级下,我的工作是艺人助理,负责艺人宣传和内容审查。从今天起,我属于男艺人陈陈了,主要任务是给他写宣传稿,润色他的歌词,如果干得好,可以去帮这个公司最红的艺人 X 宣传内容。

"我真的可以直接修改他们的歌词吗?"

"对,我们很欣赏你的文字能力。不过你只能改歌词中涉及女性的部分哈。"

"我要跟着哪位老师学学吗?"

"不用,很简单的,你只要站在女性的角度,深深感受一下哪些词冒犯了你,然后赶紧改掉就好。还有什么问题吗?"

"请问,培养计划会有什么课?"

"创作是非常私人的事情，公司不会干预，所有创作者都希望不受干扰和限制，相信你也一样，你只要完成培养计划的作业，就可以毕业了。"

从那以后，我就和那些女孩分开了，基本上没有机会见到她们，因此晚了一步注意到她们的失踪。

我的艺人陈陈是一个阳光大男孩，傻傻的，很纯真，对我也会说敬语。

我给他修改文稿、预订车子和房间、搭配品牌服装，在他换衣服时替他拿衣服，在他与人沟通时替他与人沟通。他的工作结束以后，我拿出电脑写他的宣传稿。我听说，如果你要写好一个人，必须爱上他。

文章写到过半，我觉得我对他产生了依恋。那是一起做事的人之间常见的精神共鸣、心灵震动。

文章收尾时，已深夜四点，我熬夜熬到心脏疼痛，突然接到陈陈迷迷糊糊打来的电话。他轻声喊我的名字，我一下恍了神，撞进一种不想去定义的亲密。

他听到我的声音,命运与机缘和鸣,他在半梦半醒半轮回的怅然中喊了声:"……妈?"

他每天十次拿着他写的歌词来请教我。

"这样说会冒犯到你吗?这样会吗?这样呢?这样也会吗?"

"会,会,会,都会的。"

"这样说都要改吗?"

"要呀,你要相信我。"

"但是这样押韵欸……"

"那,改成'成长'吧。"

"你怎么什么都懂啊!太厉害了。"

"你多和女人待在一起,很容易就知道哪些话该说哪些话不该说了。"

"那我要多和你待在一起,你也太好了,简直是我肚子里的蛔虫!"

我同时也要给公司最红的艺人 X 写宣传稿,

他是一个顶级歌手,也是一个流浪诗人。为了写好他,我骑着共享单车跟踪了他两个月,在夏夜透明的天、黑色的梧桐叶下,一下一下踏入一个我不熟悉的世界。

在这座城市里,酷是最重要的。X是我见过的最酷的人,他让我的稿子里镶了金色的寸头、银色的鼻环、红色的灯光、绿色的微信转账。最重要的是,他真的可以做到看不起任何东西,他看不起日本威士忌,看不起复旦同济,看不起我们的门禁,看不起新自由主义。整个采访期间,他的症状越发严重,到了采访尾声,他已经看不起采访了。

每晚他都在城市最暗的地方喝酒,我悄悄地坐在他身边,几斤重的酒单落到我手上,在我手心压出了一个红印,那是新世界的入场章。

我凑近看了看价格,都是一百元以上的烫金数字,我从那时开始酒精过敏。

我从不去夜店,因为它们太贵了。但夜店又给我一种劣质感。我不知道为什么他们要花那么多钱过得劣质,可能他们其实不花钱吧,尤其是女人。女人总有免费的饮料,只要扛得住饮料里下的药。

X每次都在人群的中心,采访他很难,写他更难。因为他的光芒像夜店灯球一样灼烧着我的平庸,每晚我都在羞耻感中将自己的文字撕碎。我开始怀疑我的写作,我手上没有任何实体的作品,只有自己虚构的才华。

为了取得X的信任,我给他看了关于他的全部笔记,里面详细记录了他说过的每一句话。他看完后当场灌了自己六杯shot。我说:"这些只是素材,不是最后的成品。"他说:"宝。"我说:"我还没有加文学性。"他说:"贝。我凭什么相信你?"

我给X写的文章无人问津,但给陈陈写的转发量破了十万,我的爱有了成效。陈陈的新歌歌词也上了热搜,在万人剧场演出时,他在人生中唯一一次,光芒几乎和X一样闪耀。

陈陈开心地邀请我去他家,那是一栋徐汇区老洋房,楼梯是木质的,快要腐烂了,碎荫里的夕阳正在加速这个过程。我跳过门口的一摊积水，到了他二楼的房间。他热情地给我展示一件他自己设计的白衬衫，乍一看是基础款，但近看，肱三头肌、胸大肌和肋骨部位都有微妙的舒张结构，每一次呼吸都是一次重新发育。我问他是在哪里买的，他说怎么可能是买的，是一个著名设计师朋友专门帮他设计的；我问那这个设计师可以帮你设计新演出服吗，他沉默了一下，说那个设计师现在不回他消息了，但是，作品会自己说话。接着，他似乎是为了转移我的注意力，就告诉我前年他去了法国时装周，在街头偶遇了伟大的亚历山大·麦昆，也就是在那天，麦昆说出了那句著名的话：美可能来自最奇怪的地方，甚至是最恶心的地方。话毕，他瞟了一眼我身上廉价的日式小清新风T恤。

  我往黑暗里坐了坐。

  他的脸朝我转过来，把夕阳反射到我脸上，把我的脸烧得发烫。我在一步一步靠近太阳，我想要变成太阳，如果我想要变成太阳，我就要紧紧贴着他们，沾染他们，直至成为他们。

培养计划为我们安排了一节课，说是给近期表现最好的十个人进行特殊培训。

我一开始很紧张，很早就到了粉色房间，但发现时间到了，只到了九个人，主管也没有过问。

我左边一个戴着金黄色眼镜的女孩戴着金黄色的耳机在跺脚，右边一个四肢细长有力宛如雨林里蛰伏的狼蛛的女孩在拉筋，一个红头发的女孩过来拍了拍我，问："有个叫 Lisa 的没有来，谁有她微信？"

我摇了摇头。

公司花了一大笔钱，请到了 SM 娱乐的顶级 K-pop 女团作词作曲人朴老师给我们讲课。我一直很喜欢这位朴老师的词，我们把"她"的作品当教材分析，但当他进来时，所有人都呆住了。

他是一个年轻腼腆的男孩，脸颊上点缀着均匀细腻的红晕，并不抬眼看大家。他脚步阴柔，竟像是飘进来的。

他的鹅蛋脸过于平滑,我盯着那完美的曲线出神。他带来的翻译一脸麻木,说朴老师之前是顶级男团的成员,后来由于自身原因选择了退出,再后来为女团作词作曲大获成功。

主管给朴老师递上话筒,朴老师对她鞠了一躬。

朴老师把话筒递给翻译,然后嘀咕了两下,翻译说:"我从入行时就被当作女生对待,所以我的歌里面写的都是我自己的切身感受。"

朴老师又嘀咕嘀咕,翻译说:"女孩们通常会感到很害怕,有很多不敢想不敢说的话,我就会替她们写。总之呢,我很高兴你们这里的女孩可以自己写自己的词曲。"

朴老师开始咳嗽,主管示意他喝面前的 VOSS,翻译笑着摆了摆手,从托特包里掏出了一瓶亮蓝色的水,朴老师拿过去吨吨吨地喝着。

主管说:"朴老师今天还为我们带来了他们宝贵的经验。"

朴老师微笑点头,嘀嘀咕咕说了很久,翻译说:"大家以后都是要当艺人的,我今天将带给大家我们团最宝贵的公关经验。我们发现，最重要的事情就是，预防仙人跳！虽然大家是女生，但也不能掉以轻心。以前我在团里的时候，我们有一个这方面的册子，我最近重新印制了，希望发给大家学习，请勿外传。"

翻译掏出一沓小册子发给我们，我看到上面用无衬线字体大写着：情感世界的潜规则！警惕圈套！

主管宣布："朴老师今天的课就到这里了，大家欢送朴老师。"

我们鼓掌，朴老师咳嗽不止，一边喝着亮蓝色的水一边给大家鞠躬，飘飘然走了，在地上留下几滴蓝色的水珠。

旁边的狼蛛女孩小声问我："我们是仙人跳的施害者，为什么要像男艺人一样防仙人跳？还有，他为什么要喝李施德林漱口水？"

我扑哧一声笑了，主管看了我一眼。

朴老师走后，主管说这次创排营的内容不许

外传，下次创排营的内容，下次单独开会决定。

她还叮嘱我们："自己的内容只能用私下的时间做，上工时间只能做公司的工作，而且公司的工作涉及机密，内网设置了全面信号屏蔽。"

回到工位以后，我偷偷打开一个软件，跳出公司内网的屏蔽，再下载一个软件，开始写自己的东西。下班之前我会把痕迹都删掉，一切都干干净净，好像我是一个偷情的女人。

像每一个拥有秘密的女人一样，我觉得我快没有时间了。那段日子，我整天想的就是怎么把自己的聪明才智发挥出来。如果我在一块昏昏沉沉的空气里看到了刺眼的光芒，怎么能不告诉别人呢？

其实我之前听说了不少因为违反保密协议被开除，还被罚巨款的故事，只不过那时没轮到我，我就没有在意。也就是说，我没有意识到故事是多么残忍的东西。

那天下班的时候，安保队长在门口拦人，要抽查手机和电脑，看有没有工作之外的信息，我想起来我忘记卸载"石墨"了。我眼睁睁地看着前面的人纷纷交出手机、电脑。我前面那个女孩，就是那个狼蛛一般的女孩，她今天没有穿练功服，只穿着一件巨大的帽衫和一条运动裤。她把自己的手机从队长手里领走的时候，冷漠地掠过我一眼，简直是在羞辱我，好像我的命运随随便便被人看透了。

队长拿着我的手机对着我的面容解锁，我看到黑色的屏幕上是过去的自己。

突然那个女孩大喊一声"掉了！"，我的手机被她拍到了地上。队长一个本能使出了肘击，打在了那个女孩的腹部，她像一条比目鱼一样扑到了地上，侧脸朝上。她抓住我的手机，在傍晚大厅里最后一丝微光中，把我的手机关机了。

队长要求我再次开机，我说不记得密码了，队长气得要死。可是她一站起来，不仅是队长，所有人都被她脸上的呆滞吓到了，她一定失去了一些大脑功能。

我们在公司门口的街上走了一段，我问她要

不要去医院检查脑震荡,她说:"没事,我是装的。"然后她突然特别激动地问我是不是也在写东西,她想和我组成一个学习小组。她的激情感染了我,这会是一个轻松的壮举。

我们的工位独立封闭地排列在一面墙上,只能乘坐一个上下左右移动的电梯出入这些"悬棺"。我发现她的"棺材"就在我的正上方。我跟她自我介绍,问她叫什么。她说,我们要保护好自己,不要轻易告诉别人自己的信息,你可以叫我,Nico。

我说,我已经告诉你我的真名了。她说:"开始最难,我们要想办法互相激发灵感,比如我们每天谁先到这里,谁就,就,想一种方法装死吧。"

结果每天都是我后到,我会在天台上,在柜子里,在桌板下发现她,她可以融入一切背景,因为她的身体又长又灵活。她不太化妆,穿着黑色的贴身衣服,像非洲的所有动物一起杂交生下的后代。她说话很粗,天天说:"我再也不去那傻×营了;他们说我写的都是垃圾,然后他们拿出一篇屎一般的稿子,我觉得你不能一边批评别人做的菜不好吃一边吃屎吧,那你有任何说服力吗?所有这些有传统结构的行业,都已经死透了;他们啊,就是因为品味太差了,所以才可以一直坚持创作;我拿到录音室资源就滚蛋,再拖我就完了……"我们会就她的死亡写作,我写诗的碎片,再听上一百首旋律,套出一两句歌词;她不写诗或任何能用的东西,只写故事,主角没有长相和名字。我看得出来,虽然那主角狂躁无能,但绝不是堂吉诃德的疯了的仿品,而就是我们。

我偶然看到过她的另一个文档,她写:

> 当公司准备给女员工成立组织的时候会发生什么:
> 这次开会的内容是开会的内容下次开会再定;
> 请男老师来教女人防仙人跳;
> 男老师灵魂里是一个女人,被他们用李施

德林原味漱口水控制思想；

我问老板要资源，老板说我咄咄逼人。我总是被人跳到客观视角点评。像角落里有一台24小时监控录像机。Big Sister。而且咄咄逼人怎么了，难道老板自己在职场上楚楚动人吗？

看到她写的东西，我发现这不也是我的生活吗？难道它是值得记录的？我和她都经历过这些，却没有想到要记录下来。我是第一次看见有人这样对待自己的生活，那些庸常的生活好像一下子有了意义。好像她更愿意去评价和形容自己的生活，而不是过自己的生活。我从来没有像她这样，重视过我生活的价值。

她忽然回来，看到我在看她的文档，尖叫了一声，搞得我也尖叫了一声。她直接把电脑关掉了，叫我忘记看过这个文档。我问她为什么，她只说不能写这种东西，你也别写。

主管通知，我通过了第一季度的考核，但是

落后于百分之七十的同学。她说你写的宣传语和歌词都太过文绉绉，宣传最讲究的就是转化率，你写这样的东西，别人的眼睛都要便秘的。

但是 Nico 说我写的东西都很好，她甚至要过我的东西回去学习模仿。我问她不怕便秘吗，她说不不不，不要听那个人说话，虽然她很成功，看起来很有经验，但是她什么时候说过一句有创造性的话吗？她没有，她只是在现有的、属于过去的东西上做数据统计，是在精神的死尸长河上面漫游而已，你的东西才是未来。

我的腿因为肉麻而在桌子下面打结，但我的脑子里有一些东西松解开了。于是我经常把我的东西拿给 Nico 看，Nico 总是用赞美的目光浏览它们。这是最重要的，只要有人用赞美的目光照耀了另一个人写的东西，那坨文字就会爆裂分化，这是文学上的宇宙大爆炸。

就是在那时候，我发现我旁边工位那个叫 Cindy 的女孩不见了。

Cindy喜欢梳双马尾，这个女孩也喜欢。我发现我下班坐的地铁线和她的是同一条，我该下车了，但我没有。我一直跟着她，她在富民路出了站。我远远地跟着她，忽然就站在了一面无穷长的墙面前。女孩走着走着，突然消失在了墙上。我呆了一会儿，贴着墙跟上。冰凉的白墙一望无际。我摸到女孩消失的地方，墙上有一条几乎不可见的缝，我点了那缝一下，缝变粗了，再用力一点，缝无限扩张，我摔进了黑暗里。

　　我想起之前就听说上海有一些KTV是隐藏在城市里的，你会在闹市里找到一扇隐秘的门，穿过密道，说出会员密码方可进入。我跪在这个上流社会的九又四分之三站台里，没有看见魔法世界，只看见一个比身上的制服瘦小很多的男生怯生生向我伸出手，没有问我密码就领着我向里走去。如果女生在这个魔法世界里被玩弄，回到麻瓜的世界之后，她们还会记得吗？

　　他领着我进了一个包厢，人声鼎沸，我看到很多培养计划里的女孩，还有一些平时擦肩而过的同事，所有人的眼睛里都是洋红色。一个男人一看见我，就夸我学历高，有气质，然后才认出我是谁，叫我坐下喝酒。

他们说起了一起粉色事件。自从几年前培养计划成立以来，就没有听说谁毕业了。曾经有一批女学员想刨根问底，去偷公司的资料，结果被发现，引发了冲突事件，流了很多血。因为血迹太难掩盖，后来那间房子被漆成了粉红色。我想再听更多，但他们似乎已经讲过太多遍这件事，不耐烦地转向了八卦。他们说起 X 订婚了，但是他还有一个情人，这个人也是公司里的，就是他的助理之一 Lisa。X 有过很多情人，没有一个留下过痕迹，但这个 Lisa 可能会产生威胁，她是一个能力超强的怪物，是第一个可能从培养计划毕业的人。

戴黄眼镜的女生说亲耳听过她唱歌。

红头发女生问："怎么样？"

黄眼镜女生说："太好了，比所有人都好，比 X 都好，比歌唱本身都好。"

一个男生用嘴缝问："比 X 好，那岂不是出师了？"

红头发女生问："如果她能成功毕业的话，我们不就都有希望了？"

男生说："但她还不一定想毕业呢，她能从 X 那儿拿到更好的资源。"

红头发女生说："听说公司在跟 K-pop 公司合作，想把我们输送过去。"

黄眼镜女生说："她那么有实力，不一定是靠 X。"

男生说："她要是有实力，还要找 X 干什么？"

我问："Lisa 长什么样？"

男生说："听涛哥说是那种为了往上爬可以不择手段的女人，谁都可以睡。"

黄眼镜的女生说："怎么听起来像在夸她呢？他知道这种人现在叫作大女主吗？不愧是，不仅是被她抛弃的男人，也是被时代抛弃的男人。"

男生说："你在说什么？"

黄眼镜女生说："说了你也不懂。"

男生说："是啊，这事还是你懂。"

黄眼镜女生冲上去要甩那个男生一巴掌，被他抓住手甩开。她喘了三秒，又想冲上去，众人拉住，一阵乱叫，随后安静下来。

有人说："十点了，有人坐地铁吗？"

几处骚动响起。我也去赶地铁，实习生不能报销任何打车发票。出门的时候，有人在脚步声中提醒我不能说什么东西，我根本听不清。

又是一整天忙得要死，时间忽前忽后，主管好像叫我去拿陈陈的快递，她的命令太多太乱，我搞不清哪些是真的，哪些是我梦到的。我带着愧疚跑到快递房，却什么也没找到。我又去另一个快递房找，这里都是长得一样的钢筋铁板盒子，随时可以拆掉改造，变成录音室或录影棚。我迷了路，突然，一栋巨大的粉色厂房出现在地平线上，越来越大，好像在朝我膨胀过来，我看见甜粉色的血液从工厂里流出来。这时我的手机响了，是主管要我赶紧回去，说快递已经有人拿了。我再抬头，已经失去了方位。

过了几天我又去了KTV。黄眼镜女孩没有来，我悄悄问一个红色羊毛卷女孩："她怎么没来，就因为上次闹崩了？"女孩说："她离职了。"我说："离职了？"女孩说："她和那个谁的事啊，你不知道？"我说："哪个谁？"女孩说："你真没看过那些照片？"我说："哪些照片？"我希望她不要说了，她再说我就要死了。她真的不说了，她把红色羊毛卷扎起来，羊毛卷扎的马尾蓬得很高，房间都变暗了，门口一个瘦高的男人透过房间里的黑色瞥了我们一眼。然后她说："没有人能接受那样的照片，你不能，我也不能，男人拍的，太可怕了，p都不p啊。"

又一个女孩在我眼前消失了，我却没有在意。我出了房间，和门口的男人擦肩而过，我的外套钩到他身上，被扯下来了。上完厕所，我在外面站了一会儿。上海好像一瞬间入冬了，路口有很多汽车飞驰，一个人影在墙尾喊话，但话声被冷风吹走了。路上有一台电视，电视里在播新闻，最近有新型拐卖手段，以打小三为名义，以街拍为名义,或者在小巷子里追逐另一个女孩,让你也一起跑起来,把你逼到小巷子里。总之,你误以为面前的职业和生活都是一条坦途,但你一不小心就会跌入他们那没有退路的混乱之中。

我没有在意女孩的消失,也是因为关于陈陈的一切都在转移我的注意力。

他说想把我介绍给他的朋友,朋友是谁我尚不清楚,但一定比我的朋友更值得做朋友。我几乎每天去他家,我们买吃的,他从来不让我付钱。不管是去全家便利店买十块钱的零食,还是买一百五十块的零食,他都不让我付,和他在一起,我只需要偶尔负担亏欠的感觉。有一次我冲刺付了钱,他突然拉下脸,一直没跟我说话。到了楼下,他突然说:"对不起,我忘了今天我女朋友要来。"

我拎着一瓶自己花钱买的元气森林独自走了很久,我觉得自己很小,但我可以走出这座城市,往下沉,在地心找到一方立足之地。

忽然收到他的短信。他说:"你不要再做什么记者了,你可以做更牛逼的事。"

啪。一束聚光灯打在了我身上。

"比如呢?"

"比如写诗。多浪漫啊。"

我问他:"你做过的最浪漫的事是什么?"

他说:"有一个女孩为我读了很久的诗。"

我说:"你不识字吗?"

他说:"不过我见过的所有人当中,只有你有资格聊诗歌。你给我读你最喜欢的诗好不好,我看到了,是什么狗?"

我说:"《浪漫主义狗》。你喜欢谁的诗?"

他说:"我没读过什么诗,不过我最近受你的影响在看小说,川端康成、菲茨杰拉德、太宰治。"

我说:"你知道他们有什么共同点吗?"

他说:"什么?"

我说:"都剽窃女人。"

他说:"那你告诉我该看谁的。"

我说:"你让别人给你读了多久的诗?"

他说:"她那次读了一个下午。"

我说:"一个下午,六个小时,不让人走,那是非法拘禁。"

那边的寂静像是一场进行到末端以至于变得无聊的战争,士兵都抱着手榴弹变得懒洋洋的,将军都放下了电报机吃着巧克力,老百姓们则漫不经心地等着胜利的消息。

他说:"哈哈哈哈哈哈哈。"

这是我见过他笑得最长的一次,像是剧终时的掌声雷动。

我再次去KTV想打听培养计划的事情,但他们总能把话题拐到Lisa身上。

我问:"你们说,今年会有多少人毕业呢?"

有人就说:"有多少人能像Lisa一样呢?这样的才是聪明女人,我知道她从一开始就会,特别会。"

"怎么会?说说呀。说呀。"

"听说陈陈也喜欢她。"

"陈陈是谁?"

"不认识。"

我说:"陈陈也喜欢她?"

"哎呀,生存法则嘛,毕竟是一女生。"

"她有才华还那样,让我们没才华的怎么办?"

我忽然之间都认出来了,在说话的这位是最近很火的年轻网络歌手,她旁边那位是一个很有名的 rapper。

"她这样做事,说明没有才华。"

"听说 X 的女朋友每次来,都是她给他们安排的行程。"

"天哪,怎么能做到这样?"

"X 给了她很多资源啊,给她介绍那个工作室,叫什么来着?"

"X 一结婚,他们不就得断了吗?"

"那不也赚了嘛,说实话,要换我,我也愿意。"

"对啊!她多赚啊。"

他们说得多么轻松,多么现代。虽然我心里有一些微妙的不平常,好像是心的里面那一层发痒发痛,摸也摸不着。但看着他们兴致勃勃的样子,我跟着笑了。我想弄懂他们，跟上他们，因为我太年轻，太缺乏经历，作为女人不够聪明，还没有学会这笔交易。

之后，是我周围的人身边越来越多地出现一些年轻、心虚地笑着的、女性化的脸。

他们发明了一种喝酒游戏，叫猜女友。一人拿出十张出现过的美丽面孔的照片，另一人猜测其中谁是那人的女朋友。如果猜错，猜的人就必须喝酒；如果猜对，被猜的人就和那个女孩分手。每次玩游戏，错的人喝闷酒，被猜中的人高声讲电话。

我开始觉得迷离，我身处一群最先进最聪明的人当中，听到的却是一些最落后的传说。这里不是上海吗？难道东方明珠居然也可以挂在有大红灯笼的土墙大院里？

陈陈有了一些变化，他开始像 X 一样写骂人骂现象的歌词，他开始搞即兴弹唱，还入股了一家盲盒店。在充满诡异娃娃的店里，他坐到我身边，他的手轻轻搭在我肩上,我觉得在他身边坐久了,身上都开始长文身了。

后来我再走进他家,他像捡起一只流浪猫一样捧起我的脸。吻完我,他抱住我,拉我到沙发上,把一件粉色的短T恤拨到一边。他点了一支烟,吹出了一个"o",然后把烟往我嘴里放。我的嘴巴变成了惊讶的"o",但我怕惊讶显得我不酷了,就把那个"o"压碎了,压成了得体的微笑。他看着我,也微笑了,我感到,我正在变成他的镜像。

X的新专辑的主题叫"缪斯",Nico是X的助理之一,她找我来讨论宣传方案。

"这个词要改吧,缪斯,总感觉怪怪的。"

"缪斯,灵感女神。每个艺术家都配了一个。"

"我就不懂缪斯到底是个什么职位,到底贡献了什么,没有人说清楚过,她怎么算KPI?"

"他们的意思,这是情歌专辑,缪斯的位置是一个男孩献给一个女孩最好的礼物。一个艺术家献给你一个作品,说是你给了他灵感,这不是最大的称赞了吗?"

"是啊,这也是伍迪·艾伦的电影里面,已婚男人泡女孩的方法。"

"哈哈哈哈哈哈哈哈。"

"毕加索就是一位把缪斯压榨到连渣都不剩的艺术家。"

"他只用一幅画,就让全世界知道了他的深情,和我的三围。"

"我也可以这样和一个老男人合作,不给他一分钱,不署他的名字,但是我会用作品告诉所有人,是他的外表刺激了我。"

"但 X 的这一段词还是写得挺好的,挺感人,没有那种睥睨女方的感觉,我要是这个女孩,我会挺感动。他是写给你的吗哈哈哈哈?"

"这是我写的!"

"好吧。"

"所以要跟这种男大艺术家谈恋爱还是挺难的。"

"我在想,归根结底还是他们很难承认一个女人是行业顶尖。就感觉如果你是一个新人,他们就会把你看作他们的粉丝；如果你终于做到了顶尖，他们就会把你看作他们的缪斯。"

"看看阿伦特和海德格尔。"

"而且，缪斯，为什么女人在艺术界里最高的职称是一个神职？"

"就像你在土木工程领域做到最尖端就会变成女娲，在气象局爬到最高就会变成巫婆，我们俩要是在文艺片那块做到最好，就是汤婆婆和钱婆婆。"

"如果你在摇滚圈他们还会叫你果儿。"

"摇滚圈还有救吗？你说为什么女生会甘愿接受那样的位置呢？"

我有了一种熟悉的感觉，想到了那个乐队主唱。

"因为他们身上的权力感。因为我们知道自己离舞台很远，所以我们把能轻轻松松站上舞台的他们当成了神。"

"说得好。欸，对了，Nico 不就是一个反叛缪斯吗？"

"Nico 不是你吗？"

"地下丝绒乐队里的那个女乐手，那个年代唯

——一个女的,她不是和所有乐手都谈过吗?"

"哦,Nico,原来你的名字是从她来的,她后来自己也站上舞台了。"

"我这里有一张 Nico 的唱片,还有海报,送给你了。"

Nico 给了我真正的 Nico。

"她那个年代也太难了。你说她是更被男人吸引还是更被舞台吸引呢?"

"不知道,喜欢男人不难,但是她做到爬上了舞台,她要跨过那么高的槛和那么多阳具,爬到舞台上。"

"不行我腰痛得受不了了,陪我去做按摩吧。"

我们进了一个昏暗的细长楼梯间,按摩店明明在二层,但我感觉在四层。按摩师一碰我,就说我的腰要完了,马上就会腰椎间盘突出,需要办 6000 块的卡。我连连点头准备付款,Nico 按住我的手,说:"等等。"然后她沉默到时间都凹陷下去,突然拉着我往外走。

我们逃出店来,巨大的立交桥下布满了通体透亮的蓝色灯管,蓝色照在白色的桥底、桥柱上。我和 Nico 在蓝色冰川里骑着单车飞驰。

我喊:"只有上海会选蓝色当路灯灯光。"

Nico:"不要相信他们,不要办卡,不要跟他们有这么亲密的关系。"

"其实我也只相信医院,还是要去医院看。"

"我也不相信医院,我在老家看妇科,医生要我治宫颈糜烂。"

我喊:"但我相信上海的医院。"

Nico 喊:"我来上海以后就没空去医院了。反正我现在也没有宫颈了。"

我喊:"上海也太好了,好像 Nico 要来开演唱会了。"

Nico 喊:"Nico 早就死啦!"

我喊:"没有啊,还活着,刚开始巡演啊。"

Nico 喊:"不可能。"

我喊:"我来查。"

Nico 喊:"我不相信。"

我们停车，盯着手机刷了很久 Nico 的新闻。我们一直站在便利店门口，中途去买了一瓶饮料喝，还给几个路过的男生指了路。那些新闻都语焉不详，看不出 Nico 是马上要发歌了，还是已经死了。

陈陈邀请我去他家过圣诞，我带了一瓶酒，进门之后发现家里只有他一个人。他盯着我手里的可爱酒瓶说："咱们俩的关系，整这些干啥？"我们躺在一起的时候，我说门罗卡佛卡夫卡，他盯着我说："咱们俩的关系，聊这些干啥？"我躺进他的臂弯里，但我忽然觉得，有一点不正常。

因为一种突然的陌生感，我没有亲吻他，他也没有亲吻我。但是我知道亲吻能给关系增加变化的潜能，所以在心底，我隐隐觉得亲吻也不错。我想象他认真亲吻的样子，想象我们沉浸在爱中的样子。我感到一阵嫉妒，对世界上所有更幸福的人的嫉妒，还有没有让全世界都爱上我的挫败感；然后是一阵恶心，因为我不想沉浸在嫉妒和挫败的感觉当中，恶心能让我从中逃离。同时，我还想到了千千万万没有从那种感觉中逃离的人，尤其是女人，她们多么可怜，我同情她们，我来为她们体验这一切！但我并不用成为她们，我希望她们也可以选择不成为她们，我为自己只是试验品而感到高兴。

但他反而说起遇见我是他这段时间最开心的事，我愣了一下。这是这段尴尬的关系当中美好的东西，因为它指出了我们的关系的本质，或者说我们的本质，也解释了这种关系的存在（无关利用）——孤独之中的亲密，人的劣性。在这个语境里，用他的话说："没有任何人伤害任何人，我们共同面对更大的敌人——无法沉溺又无法消解的脆弱感。不过，你也太有礼貌了一点，如果你能放松一点，就更好了。"

我很同意他的这番话，但和他相处的更多细节我已无法记起，因为后来我们一直在沉默。我发现没有语言，我甚至都形成不了记忆，只记得他的床单上，琥珀雪松洗衣液的芳香。

突然他的电话响了,他把我放下,拿起手机,叹了一口气,坐在一边。我说:"怎么了?你还好吗?"他说:"是我女朋友,没接到。"我说:"哦。"他说:"呃,你刚才是叫我'您'吗?"我说:"啊?我叫你'你'啊。"他说:"我听到你叫我'您',你是对我用了尊称吗哈哈哈。"我说:"没有啊,我叫你'你'!"我想问:你究竟有什么了不起的呢?可是他把手指放在嘴唇前,嘘了一声,拿起手机,大步地走向阳台,脚步稳重,速度不快不慢,恰到好处。

我看着夕阳下的他,想:我比他更好?更差?还是跟他一样了呢?

他那件白衬衫平整地搭在椅子上,我悄悄滑下床,换上了它。一般女人穿这种男友衬衫会显得娇小可爱,但他的这件衬衫完全是我的码子——他确实不是一个高大的男孩,甚至雕刻他胸肌的轻微隆起,都是我的罩杯。这些立体的纹路包裹着我,给我以力量。

他在阳台上,表情很温柔。我想:如果我是

他女朋友，我会感觉更好吗？

他忽然开始大喊大叫，冲电话里说："不要再说了！不要再问了！我承受不了了！"他转头看到我偷穿他的衣服。他瞳孔扩张，手舞足蹈起来，像在夕阳下跳一种非洲舞，这种舞的意思是，生命是虚无的，也是自由的。

我关上他家楼下的铁门，扑进大街上黄扑扑的黄昏里。几个行人渺小的身影闪动着，想要冲撞进他们假想的有滋有味的生活里去。只有太阳面对所有人。

我走了两个街口，走到一个高档小区门口，解锁了一辆共享单车。结果单车倒在了地上，连着倒了一排，后面有一家三口坐在一辆SUV里，孩子在唱歌，妈妈看着我发呆，爸爸朝我按喇叭，怎么按都盖不过孩子的歌声。我想：我什么时候才能过上他们这种正常的日子？

就是在这之后，我才觉得哪里都不对劲的。

KTV里的女生不断替换，有女生不断地进来。

她们的头发颜色越来越一致，衣服裤子也越来越相似，她们的脸越来越清晰，她们身旁寥寥无几的男生的脸却越来越模糊。

我试着集中精力去思考，但我反复在想的只有一句话：可能她们就是家里条件好，坐地铁只是一种消遣，她们本来就可以随时消失在这座城市四通八达的可能性里。

我的手机接到一条短信，是离开很久的Cindy发来的，她说"替我保管好我桌上的本子"。她的桌子早就被清空了。我问她什么本子，她没有再回过。

陈陈再次见到我，像没事一样跟我打招呼，还叫我陪他去晚上的一个活动。他说虽然是在夜总会，但是去谈资源的，非常需要带上我。

他把手习惯性地搭在我肩上，我抬起头，平静地看着他的眼睛，想让他看出我的愤怒。很奇怪的是，他的眼睛里没有情绪，只有一丝颤抖。

夜总会的房间里很暗，试图隐藏每一张一眼

就能认出来的面孔。墙上挂着银底的八卦图，头顶悬着一个钢制的星盘，展示柜里放着易经和萨满研究的成果，柜玻璃倒映着所有人。

你一眼就可以看见这里最有名的人，那个举世无双的偶像吴恋。他被全场的目光勾连着，移动到保险柜旁边，在窸窸窣窣的人群中，做了几个无声的动作，优雅地呈现出他存放在这里的宝贝——满柜子的劳力士，按年代、系列、型号排好。有一些是新的，有一些是淘来的vintage，反正他一块也没有戴过。

他不敢戴这些无辜的劳力士出去，因为他不能被人发现他成长了，不再是那个唱跳俱佳的清秀男孩了。倒不是怕被网友说炫富，毕竟他日常也坐劳斯莱斯、玩赛车（也是劳斯莱斯），赛车换四个轮子就要交25万，很贵吧？但只是跑一圈的价格。跑一圈，四个轮子就必须废弃，和第二年坐在车上的主人一样，换一批新的。主要原因是他是这里唯一一个有公开女友的，那是一位年轻漂亮的女明星。也就是说，所有人都知道他喜欢名车和美女,所以说,如果他还戴名表的话,线索就串起来了,粉丝就会发现,他只是一个中年男人。

喝到后面,所有人都醉了,抱怨转型的困难和中国音乐前途的渺茫。

我靠近吴恋,问他,你知道那些女孩在哪儿吗?

他捧着一块超大潜水系列劳力士,秀气的脸靠在表上流泪。他说那块表是他的最爱,可是它就像他一样,被陈列在柜子里,看着光鲜,还能抗潜泳的水压,其实一辈子没有出去的机会。我觉得很羡慕,我从来不敢这么哭,我的表完全不防水。

陈陈也赶紧落了几滴泪。另一位艺人劝吴恋哥不要哭了,说他让大师给算过了,今晚十点以后不宜哭泣。

原来玄学如此盛行于这个上流世界。我想起了朴老师,那个脸蛋光滑、美丽脆弱的前男艺人,他和他们一模一样,但似乎比他们更自知一些:他们那因为训练和美容形成的顺滑脸型,并非昭示了凉薄的命运,而是说明了他们从来没有过爱的能力。

再次去 KTV,我发现红头发女孩也不见了,培养计划的女孩们,按照成绩的排名,一个接一个地消失了。

我问大家红发女孩去哪儿了,他们说:"好像离职了。不清楚。"

我问:"是不是成绩好的都跟 K-pop 公司签约了啊?"

他们说:"培养计划都没毕业呢,怎么签约?不知道具体情况,毕不了业退出的可能性更大吧。"

我说:"你们有注意到,不只是她,前几名的人都在消失吗?而且我感觉她们消失前精神都很差,如果她们跟朴老师一样被喂了什么漱口水呢?有这种可能吗?"

他们一点表情变化也没有,只有一个人回答了我:"倒是有可能去了东南亚,或者去智利的海滩,或者去济州岛的铺子里,反正是某个还行的地方吧，做无脚鸟了，不是，是有脚蜈蚣，哪里都可以钻。"

其他人只是盯着彩灯微笑。

一天晚上，我送刚录影完的陈陈回去，我们沿着一个银色大棚的边缘走了很久。一盏大灯在大棚顶上，把广阔无边的园区广场切割出了阴阳两色，广场大门口有一个黑色的全金属圆盘，全黑的保姆车停在上面。

陈陈突然对我说："你也会去那里吗？你知道那里是什么意思吗？不知道？反正你别去，你可以和她们不一样，但是你们在那些人眼里都一样。"我呆住。他接着说："每次看到你我都很难受，你根本不知道怎么样对待一个男人。我爱你，但我受不了了，我以后要回老家和女朋友结婚。我们不要再继续了。"陈陈跨上他的演员保姆车，转头喊道："你会记得我吗？"他的口水喷了出来，喷到了我的脸上，好像他的口水比燕窝还滋养。

我笑着看他。

"你记得你曾经说过我像什么吗?"

"你像太阳。"我字正腔圆地说,"太阳即使死了,最后发出的光也要八分钟才能到我们眼睛里。"

八分钟的时间,我们看到的都是过去的事。

我说完以后,他好像没听见一样,尴尬地摸了摸我的头,盯着我。保姆车的车门开始自动关上,但是这一辆的门有点问题,关得超级慢,所以我们只能一直瞪着对方那丑陋变形的脸,等着我们的关系的幕布拉上。

我忽然有一种强烈的直觉,下一个就是我。我决定明天就提离职,我忽然想起都没有跟 Nico 提过这件事情,我要叫她也离开。

第二天我到公司时,Nico 并不在工位上。

我去找主管,主管说她请假了,要我去跟一下 X,因为他的几个助理都请假了。我还想问,但她摆了摆手说:"快去 X 那里吧,抓住机会。"

X 越来越迷人了,现在的他身上有一种气质,好像什么也不在乎,好像可以随时失去这偶然获得的一切。这全是因为他走路的姿势。他的脖子竖得笔直，但手脚潇洒无力地随着身体乱甩，好像他的脊柱里一直有才华在喷发。

上海电视台的录音棚里，X和一个制作人在聊与一个北美的团队合作的事宜。我缩在角落的窗边默默地听着，虽然不懂，但还是要默默记住，之后学习，或为X记录。他们点上了烟，烟雾顺着风朝我飘散，全部钻进了我的上呼吸道。我忽然觉得，我是一台空气净化器。

有时X会过来问我：Lisa在哪儿？我告诉他Lisa请病假了，他还是时不时地过来问我，还笑说Lisa把他的防晒霜拿走了。

他们聊到X的歌时，我看了Lisa对这些歌的修改记录。Lisa就像他的防晒霜，他往作品里倒入大量Lisa的意见，洁白的乳液漫开，覆盖所有孔洞，形成一道新时代思想的屏障，滋润他的内核，阻隔外界的灼伤。

我忽然不可抑制地想到了Nico的事情，我无法再听他们聊天，再做出乖顺的表情，而是异常地悲伤。我知道这很不正常,但我听不下去了。X起身,很绅士地给我披上了他的衣服,问我是不是冷。我说:"你干嘛,我应该给你拿衣服。"

最后我们坐在他的保姆车里,他突然问我:"你也自己写东西吗?"

"没有,就自己在家乱写。"

"可以给我看看。"

"不行啦,真的是乱写的。"

"没事的,我工作室缺人。你的东西好的话,可以用上。"

"真的可以吗?"

"你周一到黄浦大剧院来找我,XII 录音室,下午一点,阳光最强的时候我的灵感最强,可以稍微缓解一点我的季节性抑郁。"

我把辞职信移入废纸篓,整个周末都没有睡觉。除了因为我联系不上 Nico,还因为阳光一直照在我的床上,使我的粉色血液燃烧起来,冲着我最后的机会。

周一，我找到了录音室，一个全景窗的屋子。我从巨大的落地玻璃看进去，X和几个年轻男歌手在里面抽烟。

玻璃这边有一个控制台，坐着一个戴着帽子的高个儿年轻男孩。

我跟他说我是来找X的，他说您好您好，您要现在进去吗？我说现在进去会不会打扰到他们？他说X先生正在创作，他是第一天来，也不知道X先生喜不喜欢有人现在进去。我打算等到X看到我再说。突然，"砰砰砰"，有人拍玻璃吓了我们一跳，是一个歌手非常急躁地对这个男生比画，这个男生连忙点头哈腰示意，按了控制台上的几个按钮。等他不抖了，我问他怎么了，他说他忘记给他们开伴奏了。X终于往这边看了，我也开始比画，挥我的U盘和稿子。忽然一个巨大的环绕立体声说："Hi！今天这里面是无菌环境，你等我录完哈，可以把东西放在盒子里。"一个窗口打开，弹出一只保险箱，我把东西放进去。他们把我的U盘插到电脑里。我觉得很紧张，就问高个儿男生:"所以这里是有话筒的啊?""对,里面按按钮就可以说话,但是这边说话里面听不见。""那怎么交流啊?""不用交流啊。""怎么可能?""我记得这边没有按钮的。""你再想想?""哦对!好像是有一个,在哪里来着?我看看,是这个?是这个?还是这个?"我指着一个粉色圆形按钮说:"是不是这个?""可能是,好像是。"我按了一下,是硅胶的,质感高级,回弹缓慢。我说:"肯定是。"他"欸"了一声把我的手打掉:"不要碰,要说话的时候再碰。"我说:"对不起。"我看着他们打开我的U盘,一脸迷茫,乱点一通,然后打开了我收藏的北欧大神做的歌而不是我自己写的歌。他们开始播放,露出惊喜的表情,轻轻舞动。我说那不是我的!他们还在舞动,我按下按钮说:"不好意思,放错了!那个是别人的歌!"他们明显high了,不听我的。我开始喊:"放错啦放错啦!"他们还是没有反应。我猛戳那个按钮,结果把那个按钮整个戳了下来。我捏了捏,说:"这不是按钮,这是一块吃过的泡泡糖！呕啊！"男生说："我就说这边是没有按钮的。"立体环绕声说："太棒了太棒了,你是个天才,我就说未来是女人的！"另一个声音说："走,去搞点 Gallderio！"那是 26 岁的主唱曾经说他特别想喝的一种酒。他们起身走进另一间房间,临走前,X 对我竖起大拇指。我不知道他们会拿那些歌怎么样,如果 X 侵犯了北欧大神的版权,我可以替他写声明,全怪到我头上。

我拿着辞职信去找主管,发现 Nico 又在工位上了。

Nico 说她发烧烧晕了,没接到我的电话,还说她现在就等一个电话,通知她毕业的事情。

我说："太好了。"

Nico 说："我要毕业了,你可以想象吗？"

我说："这个电话多久会打过来？"

Nico 说："一周了还没有打过来。"

我说："那你打过去啊！"

Nico 说："打过去没人接啊！我这两天一直在

回拨没接到的陌生电话。我都不认识这些号码，你看，这里还有一个没接到的没打。喂？您好？……干！干他的又给诈骗电话打回去了！诈骗电话从来没有接到过这么多回拨电话！"

我看到 Nico 那张充满希望的脸，感到一阵感动和嫉妒。我突然想要告诉她人生的真相，想要把世界毁灭给她看，看她那张聪明的脸如何应对。

我说："你有注意到有女生在消失吗？"

Nico 说："谁在消失？"

我说："创排营里的女生，到了一定时间就会自动消失，一个能毕业的也没有，还说是主动离职的。"

Nico 说："她们不是被开除的吗？"

我说："不不不，她们不是被开除的，也不是主动离职，她们就是消失了。我每次去 KTV 那边都会看到一些可疑的人。我觉得她们可能是被什么大公司掳走了还是怎么着，或者培养计划就是一个大阴谋，她们被榨干之后就会被抛弃，可能拿了一笔钱再也不能回来了，或者精神失常了，我们得去搞明白啊！"

Nico 说："不是啦。"

我说："或者干脆报警？但我怕公司找我的麻烦。你怎么也不相信？你注意到了吗，女人从公司消失是没有人注意的，因为我们就不属于职场，我们就是上野千鹤子说的不可再生的劳动力。所有人都习惯了我们会随时回到家庭，所以我们理应过一段时间就消失，最后连我们的消失都消失了。"

Nico 说："其实我知道，她们走是因为艺人和她们上床。公司发现了，就把她们开除了，这就是公司的危机管理。"

我说："上床这么危险吗？"

Nico 说："你也要小心。"

我说："怎么没人说呢？"

Nico 说："都要签保密协议的，你以为。"

我冷静了一小会儿就去找主管了，我一直保持着和陈陈的关系，但因为我的陈陈成绩太差、存在感太弱，实在是引不起任何注意，所以让我幸免于难。我跟主管说我要走,主管还说她很欣赏我,她宁愿是我的艺人陈陈走。

她在说谎,他们不会消失,只有我们这些被要求爱上他们的人会消失。我们这些充满爱的女人,陪伴着他们成长,然后离开,像一处伤口上结的痂一样。或者,我们更像是那种密室谋杀案里面用来做凶器的大冰块,冰融化以后,罪恶也一起消失了。

我走之前,发现大家的情绪都很低落,但不是因为我,而是因为最近要公布新一轮的毕业名单。大家听说连 Lisa 都没有拿到毕业证,普遍陷入了绝望。

我收拾好所有东西离开时,Nico 又不在。深夜,我想起 Nico 送给我的那张海报还在墙上没有撕下来。

半夜 12 点,我从我那工位的墙上一毫米一毫米地撕海报,生怕造成一点破坏。

我突然听到 Nico 的声音,她在和另一个人讲话。我听了很久,才听出那是 X 的女朋友 Y 在讲话。

Y 说:"你也不要害怕,我不会发火,其实我根本无所谓,只是他的歌也有我的帮助,我觉得我有话可以跟你说。起初我一直不理解,你为什么甘愿受这种委屈,但现在我明白了,因为你有才华。"

我想:受什么委屈?难道 Nico 和 Lisa 一样,和 X 有那种关系吗?

Y 接着说:"Lisa,你的才华,也许不多,但让你不满足,让你想要往上走,哪怕是付出尊严的代价。像你这样的女孩,想要创造美,却一直在创造痛苦。所以我同情你,但又有点看不起你。你和他们一样有魅力,因为你和他们一样,都爱上了自己。但我同情你,因为我觉得如果你平庸,至少能不受伤害。"

我才意识到,Nico 就是 Lisa,我一直都没有发现,因为我的 Nico 和他们口中的 Lisa 完全是两个人,她既不妖艳,也不富于心计。他们凭借差劲的想象力把我一直蒙在鼓里。

我逐渐开始愤怒起来，我对 Y 生气，但更对 Nico 生气，为什么她一句精彩的反驳也没有？

我往外瞥了一眼，看见 X 站在外面，我脸上的愤怒一定很恐怖，因为 X 虽离我很远，却也吓得后退了一点。他那美妙的嗓音开始支支吾吾："哎呀，她只是生气罢了，过一会儿就好了。你手里拿着什么？"

我手中真正的 Nico 的海报撕裂了。

他是太阳，过去是，现在也是，只是太阳，也将会是一颗死掉的恒星。他的光芒夺目，但永远延迟，所以他的光芒，已是过去的事。在过去的时代，他或许还闪耀着，但将来，谁也说不定。

我发信息给 Nico，她没有回我。我试探性地问了一下前主管，她说："Lisa 在棚里帮忙，但她已经提了离职，你能不能帮我个忙，去找她回来收拾东西。"

我到了棚里，舞台的灯光还没有搭完，黑暗中有很多个蹲着狂吸炒面的工人。呼哧呼哧声中，有个人握着话筒，站在正在调试的聚光灯下，耸立在失落的人堆积出的金字塔上。

她看到了我。我说："嗨。"

然后我突然什么话也说不出来，她也瘪紧了嘴，我们就一直看着对方。

现场导演发现了她，叫了一声。她说她还没试好话筒，然后她开始唱X的新歌。人们听着歌停下了手上的活，就好像时间停止了，只有她的声音在前进。

你可以想象，到时候X和Nico的身影重合，灯光聚焦在X弯弯的眼睛上，专注的同时溢出一点幸福的笑，不过于炫耀。

现场导演意识到她占用舞台的时间太久了，走过来要叫她。Nico表面上已然是一个老练的歌手，但还是露了馅——一束刘海滑落在鼻子上，她的手抬了一下又收回，那是不知道该不该将它捋去的尴尬，显出她其实没有多么老练。如果真的是一个老练的歌手，就可以十分自在地甩开头发，就不会在乎灯光还没有调好、现场根本没有观众、来拉她的现场导演快要摔到她身上了——反正这只是排练，正式演出总会到来。

我想起我代班 X 的助理期间，见过 Y 一次。

那是我第一次近距离观察杂志大片的拍摄。主角是公司最红的艺人 X 和他的未婚妻 Y，露出产品是西装和裙子，品牌是 Prada，主题是爱。我们在悬崖边布置场地，X 和 Y 到了。我之前没亲眼见过 Y，期待着会看到一个什么样的女人。终于等到了一个跟想象中一模一样的女人，她如此美丽，如果美丽是一种产品，她就是一个货架。

拍第一张，X 就一脚踩到了 Y 的裙角，Y 去拿了湿纸巾，弯下腰去，像一只长腿瞪羚伸展肢体一样擦拭裙角，仿佛瞪羚在舔舐自己后腿上的鲜血。

摄影师先拍 X，用蒲公英捕捉风的形状，缠绕住 X，表现爱的纠结；把黑色宽胶带贴在 X 身上，将他劈开，表现爱的自我指涉。

摄影师说："有了，接下来是合照。" Y 的妆已经脱了。她迅速补好妆,对摄影师说:"辛苦您!"摄影师说:"X很好。老婆的眼神自然一点,手自然一点,头发自然一点。笑一点,再笑一点,嘶……算了,不要笑。看看。"他和助理去看电脑里的生图。

有人指了指我,主管过来说,你影响光了。我看到照片里果然有一片小小的阴影,像是我给他们的幸福增添的一抹暗色。我赶紧往外走,摄影师朝我逼近,我想,要不我离开上海吧?结果他只是要我帮他扶着一根杆子。他准备在土里插一个什么东西,他调试,调试,调试,扭,擦,顶,最后一盏八米高的大灯升起,我才知道他是在造太阳。

X和Y一直在换姿势,摄影师一直在摇头,说Y的图用不了。后来摄影师去车里待了一会儿,有人说他不想出来了。他出来的时候容光焕发,他对Y说跑起来。Y就跑起来,跑快一点,慢一点,往外跑一点,再跑回来,冲刺!摄影师终于说:"有了!"所有人都鼓起掌来,电脑里显示帅气的X和一片无限爆裂的裙角。

Y 的脚崴了，X 的经纪人去扶 Y，一脚踩到了她的裙角。Y 笑着再次折叠腰身，像瞪羚舔舐后腿一样擦拭裙角，就像那条裙子才是她的身体。

我回家后在小红书上刷到 Y 很多次，渐渐知道了我要变成她，要付出多少努力呀——学芭蕾练仪态，出国留学，在四大攒实习经验，时刻注意攒人脉，此外还要练习拍照。最让我厌烦的是，照片里她落在肩上的发尾总是错落有致，这是不可能的，发尾没有知觉没有力量，是假装可以被掌控的死物，是在女人身上上吊的尸体。

每个女人都有一段时间可以选择走这条道路。走这条道路，像坐在老公的轿车的副驾驶座，在平坦的道路上快速行驶，人生光亮闷热眩晕，在轻盈的夏天里一闪而过了。

找下一份工作期间，说实话，我害怕了。我好像不是一个在婚姻中有价值的女人，当然也不是在社会上有价值的女人。但是工作那么难，除了爱情，你说说，还有什么可以让我有所成就呢？

我和妹妹开始为一些节目写稿子，一遍遍修改，改到每天在家里尖叫。持续的工作让我适应了新的生活，我的手一直在动，就可以证明我一直是活着的。

我们俩经常意见不合，但是只要一想到偶尔可以注入一点真正的痛苦进去，我们就会停止争吵，兴奋不已。有时我们也在酒吧表演，那些我们俩共同的痛苦在亮橘色的单束强光中被喷射出来，然后观众鼓掌欢呼，好像我们是两束璀璨的烟火。

我在工作中认识了一个又高又帅的男人。圣诞节的时候，所有人都穿着一截一截的深色羽绒服在公司加班，看办公室一眼，就像深吸一口出租车里的空气。所有人都在工作，没有人在和朋友聚餐，没有人在收朋友送的圣诞礼物，没有人再拥有朋友了。

我和他盯着同一个洁白的文档。有时我们觉得屏幕不干净，就用免洗酒精凝胶擦屏幕，屏幕更脏了；用纸巾沾水擦净，再带到键盘，尤其是白亮的空格键，再盯着一下一下喘息的光标。我们发散思维,称赞对方的一些想法。我们点了一份外卖水果,四拼果盘加配送费和红包28元,点西瓜、杧果、橙子、猕猴桃四样,就能凑出一道彩虹。

输入输入,删除删除删除,输入,删除。从夕阳到朝阳,所有的付出都是橘色的。输入,删除,输入输入,删除。他完全跟得上节奏。

他那个有钱的父亲最近欠了债,他的压力很大。我知道以后拥抱了他。他坚持今天要请我去看电影,那正是唯一一部我想看的,我们都非常喜欢,出来一看,果然,豆瓣评分6.3。

他特别温柔,特别喜欢我。每天早上,他都会夸我,你真美,你太美了,你是世界上最美的。

后来我在书上看到,如果有人天天夸你美的话,你就会拥有自尊,你不会再怀疑。

"我爱你。不过你都看些什么书?"

"我和你一样。"

"我们很像。你看什么书来着?"

和他在一起,我感到了放松,我开始吃饭、逛街、午睡。不知道为什么,我痛恨的庸俗的东西都有了滋味,我好像正常了。

我们在一起的第一个情人节,他说要带我去迪士尼。我和他在一起以后去了迪士尼两趟,你就知道这份感情确实有点损伤我的脑子。

第一次去迪士尼,我走进了一个我小时候都没有见过的少女幻梦。在城堡之下,他说他安排了日全食,然后天就黑了,因为日全食,太阳变得无比夺目。他说他想和我结婚。他有规划,准备在上海买房,想给我一个保障,他还要带我去一家巨贵的餐厅进行一次郑重的约会。我们现在就在餐厅里,他瞟了一眼隔壁桌梳着背头的男孩和漂亮女孩,说:"我们是不一样的。"

他说:"我想和你去大峡谷!"

我说:"我想和你去国外学艺术!"

他说:"我想让你永远幸福!"

我说:"我想让你永远开心!"

他说:"我想和你有第一次!"

我无法答应他,因为我无法告诉他,我不能和他第一次上床,因为时间是线性的。

那晚我们第一次上床,我明显不是第一次,而他,明显是。

我跟他说我和很多人在一起过,其中还有一些不太道德,我就跟《伦敦生活》里的菲比一样。他哭着说那是剧啊,不是生活啊,你怎么能按一个外国的电视剧来生活呢?我说那不是电视剧,那是网剧。他说他没想到我是这样的,他好像不认识我了。他只是希望我们之间的东西是最宝贵的!他希望他可以有机会付出一切,不让任何人不尊重我,我剥夺了这个机会,所以他想分手了。

半夜三点的时候,他又说,他想学着去接受,虽然他本来可以有机会付出一切啊……他又哭了,我看到他变成那个样子,意识到这是我见过的最大的一份爱。我得到了最大的一份爱,同时觉得我的存在是一个小小的错误。

一定是这份爱,让我们之间变得尴尬的。我

们在餐厅的时候，他不再看别的情侣，但也不再每天夸我美。第二次去迪士尼，他是学着像一个丈夫一样开车去的。我们下了租来的车，又一次踏进这个梦幻乐园。我看着这面熟的辛德瑞拉、白雪公主，和肥胖的玲娜贝儿，这不是她们第一次取悦我们了！迪士尼 logo 上的烟花也闪耀了起来，这一定也不是它第一次闪耀了！这已经不是迪士尼的处女之夜了！

这就是他的梦，是他给我的爱，又包容，又排他。在这个梦里,我可以穿上象征纯洁的白婚纱，像迪士尼里的玩偶一样充满荣光，跟人合影，还要被人拍脑子，拍到脑子不清醒。

我整天睡觉，躲在被子里，做梦梦见我和他参加知识竞赛节目。

主持人问他："你要接受接下来的挑战吗？你有一次场外求助的机会，要使用吗？"

他呆滞了，转头看向他坐在观众席上的亲朋好友，他们都别过头去。他们举着横幅：共建将来，改变过去。

过了很久以后的一个深夜,他喝醉了来我家找我,开场白是:"我们结婚吧。"

他的语言散发着酒精的香气:"这三个月太折磨我了,我没有一天不在想你,我发现,对你的感受改变了我的想法。我花了很多时间重整我的大脑,重新搭建我曾经那么坚定那么确信、构建了我的世界的规则。是你让我意识到,我根本就不相信我相信的东西。"

我哭了,我说:"我一直在等这一刻。"

他劝了我半天,然后说:"天亮了我们就去领证吧。"

我问起他爸爸的情况,他面色有一些不悦,说起他爸爸离开大陆了,他们刚见过最后一面。

他再提了一嘴领证的事情,我委婉地告诉他我不想结婚。

他明显被我的拒绝伤害了,眼神委屈,好像不认识我了一样。他说起他觉得我似乎不需要他,似乎我可以轻易拒绝他。

他不知道我不是在拒绝他,而是在向他求救,向他喊:救命啊!

他说他以前也害怕婚姻,但遇见我以后不怕了。

我没有任何感觉,但他继续说。

"我以前也不相信婚姻,我们这一代人谁会信啊?但我现在觉得,也许婚姻就是让我们痛苦的,如果不是你,我永远都不会看到世界的另一边,要不是爱上你,我怎么会知道女人可以这么放荡?"

他轻轻地抱住我:"你还是害怕吗?"

"但我们真的有必要领那个证吗?领证不就是去民政局登记我们的性行为吗?"

"你相信我。"

"我没有办法像你那样相信。"

"是我的问题吗?"

"不是。"

"那你相信你会变得幸福吗?"

"我应该不相信幸福。"

"啊!"他双手捶在大腿根上。

"对不起……我不是针对你,我不相信很多东西,我既不相信家庭,也不相信基金,也不相信这座城市。"

"什么叫你不相信幸福啊?"

我忽然觉得他瘦了。比我刚认识他时还要瘦,他又白又小的脸竟然显得有些凌厉。

我说:"不是,什么是幸福啊?有家?有爱?有可以炫耀的东西?我真的受不了了,都是在要、要、要,要别人承认我的价值。被你否定的时候,我真的觉得自己一文不值了,但我又发现我还活着,那这算什么呢?不,你别说话,我知道你现在回来了,但我已经不在了。我发现我可以失去一切,但不只是我,没有人可以拥有一切,所有人都是悲惨的,顶多是悲惨又幸福地活在这个世界上。我遇到过一些很有弹性的人,尤其是女人,我宁愿相信她们身上发生的事情,也不相信幸福。因为她们经历了太多,还愿意回来告诉我,让我知道我不是一个人。"

他说:"你是不是抑郁了?"

我说:"你让一让,我要记一下。"

我回老家补办身份证，老家的派出所忘记开门了，我坐在门口的椅子上等人来，碰到了我小时候的邻居大爷。他身体一直不好，我以为他早就死了，就算没死也不会记得我。

他问我："欸是欸个谁家的女儿吧？我记得恁啊！多大了，是在南昌上大学吗？"

我说："28啦，在上海工作了。"

他说："哦，在上海好啊，上海几好啊。"

我说："是啊，上海很好的。"

他说："小姑娘几厉害啊，将来找一个上海男人嫁了，哈哈哈。"

我说："哈哈哈哈。"

我想，我已经失去这个权利了。如果我在一条正常的轨道上，说不定就可以找到这个正常的上海男人，有一个正常的家庭，只是我不小心踏上了一条岔路，我已经回不去了。我越想，越对这个大爷生气，他为什么就知道要找一个上海男人，为什么不提醒我，我一次都没有想着要找上海男人，他为什么每天都想着，他是不是家里就藏着一个上海男人，就在他床底下？想着，我开始狂敲派出所锁着的门，就像错过了一辆列车一样。大爷一瘸一拐地从我身边逃走了。

如果我真的生了一个孩子，我怕她也得小心岔路，时时刻刻担心反转。我不得不告诉她，我的人生不停地有反转，世界从来都不是像我想的那样运作的，我不知道怎样做女人才安全。十年之前，要乖巧纯真，十年之后，要心狠手辣。就像一个虔诚的信徒发现奉行了一辈子的清规戒律突然错了，在新时代，你不能再禁欲，接下来你只能纵欲，就算再接受不了，你也要忍受你的欲念导致的微笑与泪水。而且你以前循规蹈矩的行为，神还说，是不能接受的，你以为你很高尚，实际上你已经低人一等了。神说什么就是什么，不要再问，祂十足确定，就像女人失去第一次一样，失去了就是失去了，再也无法复返。你错就错在以别人的标准要求自己。男人是男人，男人的第一次不仅可以回来，还能制造诗歌、音乐、

T恤等文创产品。

我回到家,躺在床上,做了一个真正自暴自弃的行为——打开了抖音。刷着刷着,我注意到一个最近挺火的号叫Nico,粉丝增长很快。我关注了她,给她点了很多赞,她唱得比以前更好了,仪态、气息都好了很多。她置顶了两个视频,一个是她给西门子洗衣机作曲了,现在西门子洗衣机洗完衣服会放15秒她的曲子,这是她接到的最大的商单;另一个的标题是"国内最火流行歌曲中的厌女文化研究",这个点赞过百万了。其他的视频流量没有那么高,不过正在增长。这么多年了,我就知道她不会停止,怎么样都能继续。

不同的人

夏

金尘和思佳是两个完全不同的人。你可以感觉到她们之间有微妙的比较,因为她们的外表太像了,包括身高、体形,连神情都是一样标准的岁月静好学生样,弄得文学部的人经常把她们认错。

她们一样爱读书,但金尘爱读的是阿特伍德、帕慕克、本雅明。思佳的爱读书则更像是爱一种生活方式,大家只看到她读《美食,祈祷,恋爱》《从你的全世界路过》和一些文学杂志。还好金尘不会对思佳的品味发表任何评论,她足够善良,只发表过一种别人不易察觉的沉默。

她们性格的差异是最大的，读多了鸡汤文的思佳热情可爱，散发着治愈的能量，女生男生都是她的朋友。她说话声情并茂，激动时用细长的手指敲桌子，声音是银铃般的，手指是 A 级不锈钢的。金尘也交了几个朋友，但大部分时间还是躲在宿舍里读书，导致皮肤白到发蓝，显得她更加忧郁。阳光给了一个人伤害，给了另一个人温度。何况就连在文学部，也没有人愿意和金尘聊现象学、PTA 之类的聊到错过食堂饭点。所以金尘总是和她的文艺青年男友 Andy 以及一两个他的摄影师朋友混在一起，隔着一层稀薄的牛皮稿纸和二手镜头观看这个异形的世界。本来，不久之后，他们会在这个世界里一起毕业、一起找不到工作。

思佳觉得生活总是有微小的幸福的，她经常发朋友圈记录一个普通女大学生生活中可爱而不凡的瞬间，金尘从来不点赞。比如下课路上看到了四叶草，有同学摆了蜡烛表白，蜡烛烧着了草地，被表白的同学似乎并不存在。晚霞是紫金色的，朋友们一起坐在校园里三平米的草地上野餐，其实不算是草地,只是一个绿化带,其实也不是野餐,只是把一些桃李面包、美年达和香蕉轻轻放在了餐巾纸上。

野餐时,金尘突然问大家:"你们说人生有什么意义?"她的手上捏着一本尼采的《查拉图斯特拉如是说》。思佳听闻,纯真的脸上突然闪过一丝愤怒,但还是保持温柔地说:"为什么要问这样的问题啊?好好的要探究生活有什么意义干嘛?好好活着,不就是最大的意义吗?"金尘不知道自己怎么惹她生气了,也不清楚她为什么要对尼采生气,赶紧解释说自己只是实在没有读懂尼采的代表作。从这里大家已经可以看出来,金尘对生活还有很多疑问,而思佳不幸地早已拥有了答案。

金尘的男友 Andy 不做文学编辑这种基础的文字工作,他做纪录片和微电影。他不常在学校,因为他在一年内入选了很多青年导演计划。经常有人看到他深夜喝得烂醉来宿舍楼下等金尘。除了酒精的香气，金尘想要嗅出 Andy 比一般人更快的变动与成长，却不得不在观察了一个学期以后承认，男友唯一的变化是，在见到那些从青少年时就开始崇拜的大导演以后，他开始经常提到死亡。

思佳为慈善活动做了小蛋糕，走访宿舍卖钱。所有人都夸"人美心善"，只有金尘说这样"不符合卫生标准"。思佳说这小蛋糕加了薏米，可以祛湿，你正需要。她一直很关注金尘的水肿问题，好像她对这张相似的脸也负有责任。金尘被轻微地刺痛了，但她从不反驳，好像那张更不水肿的脸就应该说出更蠢的话，一张纤薄的皮下面就应该是一张同样肤浅的嘴，一只语言上的马蜂。

但思佳生日那天，金尘居然知道，还送了她一本书，是桑塔格的《恩主》。思佳认真地读完了，还礼给金尘，送了一条自己穿的串珠项链，用纸信封包着，项链上是假母贝、假淡水珍珠、蓝色塑料小球、紫色闪片和透明丝线。两人约着一起去逛街，虽然从未走远，只是在学校后面那条窄窄的学海街，但街上内容丰富，有盗版书、盗版碟，便宜水果店和新开张正在搞活动的小吃店。正经的店都是一些大火锅店，或者允许学生加盟创业的咖啡馆，那也都是温州的同学才会加盟的，他们20岁就能无师自通，冲出有星巴克商标的咖啡。其他同学开的都是一些速食方便面摊，就是在三轮车上摆一些超市里刚买的碗装方便面和火腿肠，谁买就现场泡给谁吃。两人充满能量，从下午刚下课走到万物一片灰蓝色。吃完逛完，一共花了不到30元，只是三度踩进同一个异形水坑。两人顺着知了的叫声慢慢走回宿舍，处理洗了一半的衣服和燥热的夜晚。

两人维持着动物般的友谊，为了友谊，自然地手挽着手，直到后来发生了一起腐败事件。

部长突然告诉大家："团委主任想让他刚上大一的女儿不通过考核直接加入我们部门。我想了很久，觉得应该由大家一起来决定。"

有人说："这老狗×，还用问我们？"

有人说:"完了,思修老师点名了,我先走了,你们聊。"

思佳甜美地问:"如果不答应,我们是不是可能会失去这间会议室?"

部长说:"其实吧,我觉得他也不一定会把我们的会议室给别的部门,但是吧,还是有这个风险的。"

有人说:"不答应的话,经费也悬了吧?"

有人说:"不答应干嘛,我们还会有什么损失?"

思佳说:"我不懂啊,但我觉得没有必要有这种冲突,说不定那个女孩是一个很好的人。"

那时候,金尘的声音是细细的,她说:"这不就是腐败吗?"

思佳说:"那要看怎么理解啦。"

金尘说:"你是在打圆场吗?"

部长说:"也没有必要眼里容不下沙子。"

金尘只能接着用那细细的声音说:"就是腐败。也不是说眼里容不下沙子,一辈子不能做这种事,只是大家以后的人生无聊又漫长,这么刺激的事情趁年轻都做了，以后的盼头就又少了。"

部长说："这样吧，我看大家还挺重视，我们投票决定吧。"

投票的结果，是大家以一票之差的微弱态度拒绝了那次小小的腐败行动。

之后大家就明白了会议室真的很重要，没有了会议室，就只能去食堂里开周例会和选题会，开完会身上的味道接下来一周都洗不掉。在宿舍的水池前，思佳和金尘面对的只有热的风、烤肠味的衣服。几个人一起拧干短袖和长裙，根本拧不动，手臂扭进了深红的裙子里，像食堂里最贵的那款豆沙卷。

秋

大家都忙了起来，文学部里有人找了实习，有人在忙着考证，有人已经着手准备考研。思佳和文学系的一个助教恋爱了，那人饱读诗书，常常获得学生们的倾慕。金尘看到思佳发了很多朋友圈，都是一些和朋友恋人出游的记录或爸妈寄来的美丽点心。金尘忍住了没有屏蔽。

就在此时，文学部终于获得了参加全国高校文学杂志竞赛决赛的机会。部长能找到的人已经不多，思佳和金尘是主力。

在最后一版排版上，思佳加上了自己特别喜欢的一句话：岁月静好。金尘提出不要放这样的话上去。部长说不，重印一版很麻烦。过了一会儿，部长开始评价金尘是不服管的，金尘则说文学部不应该有等级制，表达欲滋生于平等的关系，当然，部长对这一概念并不熟悉。思佳把金尘拉到一边小声说："但是部长为了这个部门真的付出了很多，而且部长最近家里出了事，他爸爸从脚手架上摔下来了，他最近很糟心，我们还是先不要跟他争了。"金尘想，思佳真的是一个很好的人，但我真想揍她。我爸最近还掉沟里了呢，只是我不说罢了。

思佳每节课都会尽量到，并且还会做笔记。金尘经常翘课，就是去听，也只是坐在课堂上安安静静地与自己独处。但她很喜欢一个喜欢激动的老师，他的每节课她都会去，思佳挺好奇，也去上了一节。

这个老师的课很少有人选，学生们讨厌他老是太激动，还老是在课堂上批评年轻人。

思佳进去的时候，这个老师正在激动："年轻人说着要改变社会，想改变就能改变吗，你愿意当代价吗？是吧？下面讲一个案子啊，主角是一个参加公务员考试的大学生。这个学生家境贫寒，和妈妈相依为命。好在他从小懂事，寒窗苦读，考上了×大的文学系，是他妈妈的骄傲。妈妈砸锅卖铁挣钱供他读完大学，他决意考公务员报答妈妈。一番刻苦之后，他果然以笔试第一的成绩进入复试，复试成绩发布当天，他狠心买了一个蛋糕准备给妈妈报喜，却发现自己不在名单上。他百思不得其解，几番确认后发现他落榜的原因，竟是乙肝病毒阳性。那时乙肝被视为一种严重的传染病，乙肝病毒携带者不得当公务员。他陷入无穷的痛苦，无法对命运的玩笑报以笑声。

"过了一段时间,公务员招考办溜进一个瘦高的人影,他面目模糊,径直走到工作人员面前,工作人员还没来得及问完你是要办什么事,直接被猛刺三刀,后来好像是(老师的记忆力不够好)一共死了三个人,都是无辜的基层公务员。

"他被逮捕调查期间,×大的学生联名为他写请愿书,申请看在他妈妈的分上,不要判死刑,让他妈妈老有所养。后来法庭宣判,处以死刑。狱警从审判员手里接过判决书,慢慢地走到他面前,递到他手上(是法庭的仪式感)。他把判决书撕得粉碎,往空中一扔,下了一场小雪,那是他作为文学系学生创作的最后一场六月飞雪。

"你们知道这个案子留给了世人什么吗?

"从那以后,公务员考试取消乙肝检查。"

老师说:"人类社会就像一具身体,身体有时候会生病,会发烧,很正常,是因为体内有了不对的东西。等到身体病得受不了了,就要咳嗽,咳嗽就把病毒咳出去了嘛。所以有些好好的人,就被这个不对的东西排异出去了。那你说这些人像什么？像什么？欸，像一口痰嘛。他被咳出去了，保护了大家，剩下的人就活下来了，恢复了正常的生活。那么问题来了，谁愿意当痰啊？"

金尘的眼眶湿润了，模糊之中，她看见思佳把微信签名改成了"岁月静好"。思佳问金尘："你为什么不喜欢这句话？这句话是现在的人很需要的一种心态。"

金尘说："没有人可以岁月静好，所有人都无处可逃。"

思佳说："你说得对，我一直觉得你是我见过的最有文学天赋的人，你以后写的书一定要给我看。"

金尘说："呃，嗯，别这么说。"

冬

思佳和那个助教恋爱了三个月，然后就分手了，没人知道是怎么回事，但大概就那么回事。

之后很长一段时间，金尘都没怎么出现在文

学部。因为她的男友Andy拍的第一部纪录片反响非常好，入选了某电影节青年环节，获得了一笔投资。两人去研究下一部片子的拍摄了。从那时起，有人会看到两人在宿舍楼下争吵，争吵的声音太小，最后是金尘扭头走掉。

思佳回了一趟老家村里，和爸爸妈妈哥哥团聚，又拍了很多岁月静好的照片，只不过人生似乎暗中偷渡到了一种要分离的时期，她朋友圈发的照片里都是芳草碧连天。

突然有一天，有一个消息说，Andy死了。教务处主任亲自打电话给思佳，询问她知不知道金尘在哪儿，出事了。Andy在校外的出租屋被发现，一个青年才俊就这样自寻短见了，现在必须赶紧找到金尘。

有人传他又是被投资人逼死的，又是被人引诱吸毒吸死了，又是因为前女友。因为据传他留下了一张字条，说女友因为他没钱跑了，逼得他走投无路。

跑了，就是飞快地逃离了，头也不回，把一

切都看得很轻快，才能离地不远地飞翔。

"真的有那样一张字条吗？"思佳后来问金尘。

"不知道啊……没有，肯定没有，他从来不在乎钱，也没有过。"金尘说。

金尘知道这个消息的时候正在冬天的校园里，有人给她打了一通电话，然后同学们在校园门口找到了她。那时他们已经分手了，但她还是哭了。她面对着校园门口的巨大圆柱体石碑，忽然觉得这个石碑需要被捶打一下，它看着就很好打，就是一个沙袋的形状，还比沙袋更不容易晃动。而且她的拳头爆裂在它光滑表面的一瞬间，它可以支撑她——在这一刻，对她暴力混合着亲近，那就是她对这个世界的感觉。但周围全是同学，所以她克制住了，她不想让大家看着她表演崩溃，而且崩溃得如此粗鲁，还有点浪费别人的时间。

思佳听说网上专门有人喜欢这种猎奇故事，有人在大学生论坛上发挥想象力述说他们的故事，有人说自己很了解实情，等等。还听说金尘会收到短信和私信，这些陌生人好奇地问她是不是因为钱，是不是出轨了，翻出她的照片讨论她的脸。思佳那张和金尘一样的脸，也跟着皱缩起来。

思佳看到金尘像一具空壳，一本书也看不进去了，坐在课堂上发呆。走在路上经常会不记得自己在哪里。死亡打破了时空的界限，那时她还太年轻，与死亡之间毫无屏障。

她和几个与金尘玩得好的人去宿舍看望金尘，大家没说几句就哭成一团，又害怕说错话，再也不能言语。此时思佳开口了，用温柔的手把金尘的手机拿走，叫她戒掉网络一段时间。思佳还说接下来，自己会对她寸步不离，会一直陪着她吃饭、上课。如果她有什么话要说，就对自己说，她肯定有话要说，她是一个这么会讲话的人，她讲出来的事一定很有意思，而且说出来就都会好的。

思佳那时并不懂心理学，但她的话就像击穿了水坝一样让金尘狂说不止。思佳只是热情、善良，她当时还不熟悉自己的力量。

金尘只能读还看得进去的书，《百年孤独》看了三遍。有一次在路上遇到一群陌生的同学，当中有一个用手对她指指点点,好像她是马尔克斯笔下没有来得及命名的新事物。

但思佳在她身旁灿烂的样子像一个钟形罩,反射了那些目光。这个钟形罩对金尘形影不离,只是现在金尘更像影子,是思佳在吸收她所有的黑暗。好在思佳不愧是读大冰的人,正能量过剩,最高热地照着金尘。

最困难的是金尘的心智退化了,大部分时候她都呆痴地望着流去的时光,有时还会嘟囔一句:"再也不会有人爱我了。"思佳便正对着她,一字一句地说:"错。大错特错。好人都会爱你的。"有时两人在食堂吃饭,金尘又说:"我想起,以前他会帮我拿一双筷子。现在没有这样的人了。"思佳立刻变成从没看过言情小说的人:"当然没有了,你是残废吗,要别人帮你拿筷子?"

金尘也会想:你为什么突然对我的生活感兴趣?但她根本问不出口。

最痛苦的是,网络并不在乎会不会把金尘逼到也去自杀。有人翻出金尘过去的所有信息,做成帖子传播，有人找到她的学校宿舍楼宿舍号。金尘躺在思佳顶楼的宿舍里二层的床上，窗外的晨风干燥，思佳给她带了包子和豆沙卷回来，把她从床上拎起来。她撕开一个豆沙卷大嚼起来。深红豆沙与浅肉色面皮黑白相照，如人世间欲念黑白分明，有人会莫名其妙希望你去死，也有人会拼尽全力希望你活下去。

渐渐地，在金尘撑不下去的时刻，她脑子里会直接响起思佳的声音。思佳细细的声音是金尘浑浊世界里的一座钟，钟响，雾散，一切回落。

金尘一天一天数着昏昏沉沉的日子。1，2，3，4，5，6，7……29，30……她清楚地记得，数到60那天，一大早上她睁开眼睛，忽然明白一切都好了！她一直记得这个数字，原来只要60天，太短了，太好了，以后要告诉所有人。她知道，自己不再需要思佳了。

金尘和思佳在学校的教学楼顶层看着落下的夕阳，金尘第一次感觉到夕阳离悲伤很近，但不是悲伤。思佳问她在想什么,她说:"老娘的生活没有被夕阳带走。我还想要更多。"

春

开学以后思佳参加了很多活动,加入了一些组织,认识了许多和她一样积极可爱的人,还交了一个乐观开朗的男朋友。他每天都会在下午六点晚饭的时候给思佳打视频电话,思佳高举着手机,迎着残阳站在宿舍楼下,没穿内衣的同学只能四处逃窜避开她的镜头。金尘在投简历,准备去北京当一名记者。

那件事过去以后,或许是为了防止感情随之降温,两人都变得更加残忍。

思佳在看到金尘实习顺利推进之后,通知她自己要去贵州山区做公益支教,顺便提醒说,她为实习新买的西裤太像央视大楼了。

金尘则整理出一大堆 TED 演讲向她阐明自以为是的公益将如何侵害当地产业的发展,尤其是一个这么容易幸福的人可能会降低孩子们见世面的欲望。

"那你给他们捐条裤子吧,就当他们去北京了。"思佳说。

金尘也看思佳的新男朋友不顺眼。但金尘不了解他。

思佳当时正经历一场莫名其妙的内心余震,就是没什么大事发生,但也觉得不会有什么大事发生了。而那个男生经历了前女友得重度抑郁症的痛苦,他尽了所有努力,最后还是选择了离开那座城市。

他们每天晚上互发短信才能安然入睡。

两人都是福建小镇人,听说当地有一座特别灵的庙,坐落在一座可爱的绿油油的小山里,两人便一起去了庙里。思佳求佛,希望自己一直是正能量,一直获得好运,一直爱人,一直有人爱。

文学部毕业聚餐,思佳给金尘发消息说来不了了,要去男朋友家见父母了,还要带男朋友见爸妈。

金尘问到思佳的家庭地址,给她寄了上野千鹤子的书,一共有六本,叫她在当地读完。

思佳发了好多朋友圈:爸爸妈妈从水产市场给她带了物美价廉的虾蛄炒了一桌子菜,"是妈妈的味道";和朋友在一片绿芦苇地里穿着白衣的照片,"三年没见了,还是有聊不完的话";最后是男朋友请她在当地最贵的餐厅里吃晶莹剔透的甜虾油梨燕皮盏和五光十色的金线莲清炖白鸳鸯,思佳的脸被男朋友送的红色玫瑰映得红扑扑的,"是被爱意环绕的人呀",滤镜是当时流行的一种美图秀秀风格,旁边还有小字"你负责貌美如花"。

金尘把手机扔了。

金尘在北京面试,三天面了六场,饭都来不及吃,就像一只飞鸟一样穿梭在层高只有一米六的写字楼里。灰色的楼层,灰色的地面,灰色的天空。金尘给思佳发消息,说你应该和我一起来北京,未来在我们手里。

思佳邀请了金尘和另外两个同学聚餐,告诉

她们自己的婚礼定在明年年底。金尘说你什么时候变成喜欢办婚礼的人了。思佳说我一直是喜欢办婚礼的人啊。同学说思佳还在热恋期呢。思佳说还好啦才502天。同学说哎呀够了够了。

但是思佳说着说着就开始抱怨了:"有一次我问他,你为什么爱我啊?他随口说了一句,因为你清纯可爱啊。可是,我不是只有清纯可爱啊!他为什么只看到我这方面啊?"

大家还是笑她秀恩爱,直男夸人嘛,已经在夸啦,大家都不容易。

但是金尘感受到了。她感受到了思佳在忍着什么,跟爱情无关,跟清纯脸蛋无关,就像两个女人的月经周期会逐渐同步,疼痛也可以逐渐连接。所以她很想说一些劝慰思佳的话。

然而她脱口而出的是:"因为你没有其他方面咯。"

思佳僵住,金尘也僵住了,其他两人僵了一会儿就赶紧抓了一些话题来过渡,说说笑笑,饭局也就结束了。

走回宿舍的路上,金尘对思佳哼哼唧唧地挤了一些话:我的意思是,你当然是一个有深度的人啦,但是你要展现你的深度啊,不要让那些人低看了你。

金尘应聘上了一家北京的媒体机构,领导经常看低她。金尘在公司的厕所隔间里哭,想到思佳,想到思佳在悲伤的时候,有没有她自己这样一个时时刻刻保持积极阳光的人来纠正她?是不是因为没有,她才要亲自变成一个励志大师,敲着她的金刚手指头,把不好的念头都赶走?

六月份大家回学校拿毕业证,思佳又没有来。

金尘晚上独自在校园里散步,路过了校门口的巨大石碑,石碑漠然矗立。几年前她在这里迎来了那个消息,但她早就不想那件事了,她满脑子都是那个晚上,她对思佳说的本来永远都不应该说的话。

她觉得心在一点一点变沉变紧,心底有块巨石拽着她往下倒,她快要支撑不住了。她向四周扫一眼，周围一个人都没有，连虫鸣都暂停了，没有人看到她的拳头飞速地撞击了石碑一下。

手上的血迹俨然是一朵盛开的花朵的形状，好像春天到了，一切都生机勃勃，重新生发。

夏

一年后的冬天，在思佳的婚礼上，思佳的亲朋好友都聚在一个农村的祠堂里。

天气太冷了，远山的剪影都被冻住，鹧鸪的声音像是有人放的录音带。

思佳的爸爸搞了一些小太阳电暖，思佳给金尘这桌拿了一盏大的来，她还是一脸纯真，一副没见过世面的样子。

金尘身边的同学叹了一口气说："谁娶了思佳，真的是一辈子的福气。"

桌上这些喜糖由白糖红糖冰糖三种糖压制而成，一口咬下去，钻心的疼痛，吃一颗，就像被人打了一巴掌。大包银色的锡包鲈鱼被破开锡纸以后很快就凉了，糖醋液和细瘦的鱼紧紧同眠，酸和甜深深地渗进了鱼的脊椎里。

思佳和老公来给大学同学这桌敬酒，大家都站了起来，围成一个圈，举起了酒杯。老同学们开始对思佳说祝酒词，一圈轮下来，到了金尘，她看着思佳依旧细白的手指。

后来有人跳起了抖音舞、《低俗小说》里的兔子舞，音乐在唱"冬天的雪会在春天融化"和"I've got the strangest feeling / This isn't our first time around"。

思佳在台上致辞的时候果然哭了，金尘无法集中注意力观赏她的哭泣，于是到处张望。她注意到身边的小太阳开始一闪一闪，好像一颗恒星即将燃尽的样子，突然，"恒星"砰的一声炸开了，金尘的脸暴露在一片火光之中。

金尘的脸烫伤了，人们围着她开始尖叫，她眼前是一层层嘶吼的幕布。一位老婆婆冲过来，手指上粘着成分不明的油，说是治烫伤的土方子，要往她脸上抹。思佳伸出手指一挡，保护住了那张和她相似的脸。金尘意识到,思佳的存在对她起了巨大的作用,新的皮肤会从她耐磨抗压的指尖发出芽来。太阳升起了,就不再落下,一切都会被照亮,连同自己的怯懦。所有的黑暗与恶毒,都变得像是一个小小的玩笑罢了。

深夜时,所有人都累瘫了。除了少数喝醉了也不忘及时抽身的,大部分人都没有赶上离开这个村子的最后一班车,瘫坐在大红色的沙发上痛哭。

思佳的老公喝醉了,挂在他兄弟的身上,思佳倒在金尘身上。

金尘说:"如果我们俩结婚,一定是因为三观不合离婚的。"

思佳说:"我们真的是可以用对这个理由的。"

后来金尘时常会想起自己在思佳婚礼上致的祝酒词:新婚快乐,岁月静好。

错过

1

"五岁的你在傍晚时分惊醒,发现家庭聚会早已结束,落日蒸腾,曲终人散,家里只剩下一种有噪点的安静。也就是说,你听到了错过的声音。你的心像被巨型闪电劈中,你想起来是自己在聚会刚开始就睡着了,妈妈把你抱到了床上,还温柔地帮你披好嵌以尘螨的温暖棉被。明明你睡得香甜又饱足,而且你就算醒着,也不会说出任何值得记录的话;就算说出来,也不会逗笑你们那个衰人大家庭;再说,你更不可能错过任何奇迹。你才五岁,就已经知道,出现在你们这个小城里的人，可能会落得满口粗话，也可能会温柔地度过一生，但绝无可能给世界带来一丁点儿的改变，就像一种命运遗传病。

"但在被蓝色玻璃过滤过的白光下，你疯狂地在家里穿梭来去，泪水在眼眶里蒸发，没有人注意到你。而你十分确定你的人生高光，你最后的机会，就这样被你的家人温柔地放走了。

"就像那样，人有时候会莫名其妙处在一种错过的状态，你有过吗？我有个朋友，以前是我的助理，后来变成了我的朋友。最近有一段不合适的婚外情，她早就决定要结束，做好了所有准备，连协议都签了，但就是一拖再拖。她说想等到他做痔疮手术的那天，他也许会因为高血压的并发症直接死去，她就不用出面解决这件事了。生活总是比她能承受的更多一点，她不想亲自经历。总之，我觉得她现在的状态，就像突然之间一觉醒来。"

小黑点头又点头，我能看出他不是在假装听懂了。就像十多年前一样，他是一个很好的听众，表现出理解、支持，甚至对一个同龄女人的崇拜。

只是这次,我故意提到了婚外情这个词,就为了看看他眼睛里的翕动。

2

他的眼波不动,我的手机却发出光束刺破了整片夜空,是我丈夫的来电,我快速按掉了。

他说:"你们吵架了吗?"

我把手机侧过来了一点,收回了我的隐私:"没有,没有吵架。"

丈夫又发信息过来:"我明天早上八点回来吧,好吗?"

我再次让手机暗掉。

"我负责这边的安保事务。"他现在说话很稳重。

"安保事务。"我却有点轻佻。

"这一片的酒店都是我的团队在负责,你那个颁奖晚会我没有接到,我已经很久没有关注艺术了。"

"噢,我一直在关注艺术。"我有点悲伤。

"看到了,你做了你一直想做的事。"他却为我高兴。

就在半个小时前,我还在参加一个年度红人颁奖晚会。我已经参加了十年,颁奖叫到我名字的次数越来越少,这是主办方照顾我,现在我每站起来一次,就会掉一块底妆。

第一年领奖的时候我才 26 岁,因为慌乱而顶着素颜,穿着从后半夜领奖的好心姐姐那里借来的一套成衣和一双 Jimmy Choo,所以在零点领过奖后像灰姑娘一样着急溜走,以免好心的姐姐要裸体上台。现在我穿上了自己买的长裙和高跟鞋,却又得在零点过后赶回,因为如今会消失的是王子真正在乎的素颜感。

那时我因为一幅画一夜爆红,它被印满全城,20 个广告牌、几百件 T 恤、几千个手机壳每天都跟我打招呼。我想,这世界对待年轻人无比温柔。

一直到现在,我都会想起那个夜晚,努力就

有回报，人生多么美好！可是，为什么我的人生只持续了一晚上呢？在一切过去以后，在被希望和权力感席卷过后，我还活了很久，我在希望的废墟上找到了我这种人的归宿。我才明白，人体会迅速适应狂喜，也会迅速适应悲伤，因为它想要照顾好你。无论你得到的是成功还是失败，你的身体都想要活下去。多么伟大的机体。

我在凌晨两点时闯开大醉的人群，冲入一片黑暗。Jimmy Choo 让我立于苍穹之下，再慢慢陷入大地。我不敢跟司机发信息说来接我，因为他也是我丈夫的司机。

丈夫发信息给我："我们好好聊一聊吧。"

我回他："我们聊过多少遍了，暂时不要联系了。"

他说："我明天早上九点回家找你，你应该醒了。"

我好不容易才找到他这样一个人。大部分时间，我并不想占有他，我甚至不常待在他身边，我待在他身边唯一的原因，是想确定世界上存在这样一个人。他让我觉得我所有关于世界的想法不是痴心妄想，我有可能接近这个真实的世界了。但我们最近经常吵架，是因为一个特别小的问题，小到我不好找任何一个高于一米六的人倾诉。

策展方的同事突然打电话给我。

"我们有一个细节需要您和先生快速定一下，您和先生在一起吗？"

"呃，不在。"

"现在有一个紧急情况，所有作品都要拆成两米二以内，那边才让放行。现在工人都到了，两边也都在现场，就等张先生确认了。"

"艺术家都联系上了吗？"

"都联系上了，但是张先生不接我们电话。"

"嗯……"

"您知道他在哪里吗？"

"我知道。但不用找他了，我可以确认。"

"您可以确认吗？"

"可以。"

"不好意思，您确定您可以确定吗？"

"嗯。"

"好的好的！那我马上就去确认一下您可以确认。"

就是这个时候，一个黑影不合时宜地出现了，敏捷地靠近，他的长脸在夜色里慢慢浮现，连同与他有关的记忆一起冲出黑暗。

"听说你们俩要办中国最大的科技艺术展了？"他问。

"从哪儿听说的？我不想办那种女体娃娃博览会。"

"在你们俩的微博上看到的。"

"我很久没看微博了，那都是他发的。"

"那你们俩谁说了算？"

我不语。

"我问太多了吧，对你们俩太好奇了。"

"真羡慕你还像学生一样的心态，把陌生的生活神化了。"

"你们俩本来就像神话。"

"不管什么人,私人生活都非常无聊,毫无创意。我经常被自己的选择恶心得想吐。"

"愿意的话讲给我听。什么都不会吓到我。"

"现在路上车多,有点危险,因为我给你讲,你会睡着的。"

3

匿名艺术展两年举办一次,是这座像地质样品一样分层的城市里,年轻艺术家们唯一的机会。我和丈夫就是在这样的艺术展上认识的。他现在已经是国内仅有的几个虚构视觉艺术家之一,也是我最重要的合作伙伴。十年前,我在一夜之间成了一个网红画家。后来随着事业的发展,我不得不认识了他,与他一起创立了基金会,策划包括匿名艺术展在内的几百场展览。他负责对外交涉,但我们达成过共识,我是这个基金会的灵魂。

自从四年前与他交往,我们分手了好几次,如今已经无法分开。

有一次，我和他吵架吵到拿刀对准自己的手腕，刀刃如镜。等我清醒一点，发现自己居然站在玄关，墙上是我的代表作之一。画上的女人跟我一模一样的姿势，同样的处境，拿着一把比真实的刀更漂亮瑰丽且如今看来并不够锋利的刀，我给它起名叫《她》。我创作这部作品的时候，找了十多种材料，拼凑出了爱的浓密与痛苦。我那时还没有谈过严肃的恋爱，但所有艺术评论家一致认为我对爱的把握不可思议。我没有想到我会逐渐成为《她》。

有一次，他在我们冷战期间，爱上了一个刚来到这座城市闯荡的年轻艺术家。他和她联系频繁，但迟迟不敢跨出那一步，直到他孤注一掷地去她简陋的出租屋向她表白的那一晚，正好碰见她前男友也回来找她。他意识到自己进入了一个谁也无法离开谁的无限循环，但他们三个人都很想离开那个房间。这时我联系他，说要好好聊聊，于是他立刻回到了我身边。

我不介意这种事情，因为每个人都是自由的，就算他们永远无法离开别人。对我和他这种生活伴侣加事业伴侣来说，爱情的神话更加痴怨，离开比拥有更难。

而且这件事情让我觉得，我可以是另一种网红，是恋爱综艺里受到出场次数安排的角色。我很享受这种角色，甚至因此想报名参加恋爱综艺——素人们可以假装这是命运，还假装自己拥有层次丰富的感情。因为感情、爱、婚恋是唯一一个允许所有人参与的领域，可以按各人的想法瞎搞，可以引起我们生活中的观众的共鸣。

不过，恋爱综艺节目组的导演严肃而礼貌地拒绝了我，真实地在恋爱的人不能参加恋爱综艺，他们是有职业操守的。

四年来，我们的分分合合已经耗尽了周围所有人的精神能量。撇开这些不说，我丈夫是一个非常好的恋爱对象。他和我有无限的共同话题，对我有无限的积极情绪，并且向来赞同我所有的观点，即使它们互相矛盾，他也不曾犹豫。唯一的小问题，也是引起我们最近频繁吵架的问题是，他总是向我表达对身边女性的赞美，只要有一点他都要让我知道，那个女孩的事就是他主动告诉我的。他是一个策展人，欣赏美是他在社会上发挥的作用，是他的职业习惯。我并不善妒，只是我突然发现那成了我日常生活的一部分。每天早餐的时候，我发现我在等待他对别的女性的赞美和牛油果三明治一起到来。他确实是一个优秀的男性，而别的优秀的人大部分确实是女性。何况他一心爱我，所以他必将对我坦诚。他说难道你要我把我的心掏出来给你看吗？如果掏出来，里面只有一股积极情绪，这股情绪将为我们带来美好的生活，生活中将全是赞美、赞美、赞美。

"他对你很坦诚？"

"你又想讽刺什么？"

"不不不，我是真的在问。"

"嗯，他也不会说得太细啦。比如，他会说他觉得谁很美，或者谁说了一句很美的话，让他的感官有了新的突破。"

"他一个摄影师突破那么多干嘛,让摄影机去突破呀。"

"他是视觉艺术家。我们谈了这么多年,他一直对我蛮好的,没有背叛,连欺骗也没有,难得吧?"

"那你会对他坦诚吗?"

"什么意思?"

"你会和他说你对谁动心了吗?"

"问这个干嘛?"

"你不会,因为你这里已经被他的感官占满了。"他伸出一根食指,敲在我的额头上,发出一声脆响。

"你知道,确实是。有时候,他整天跟我说这些,说得他不在我身边的时候,我的脑子里也在播放他说的这些东西。因为有一些还真的挺美挺有张力的,他注视别人的方式,他和别人微妙的情感互动。但是有时候,我脑子里的声音,你知道的,就是大家脑子里都有的那个声音,我们每天跟自己聊天的那个声音——我发现，我脑子里的是他的声音。我的意思是说，我连自言自语都是他的声音。我接受了他的一切，所以我害怕，如果我再爱他更多，我会开始用他的声音生活。"

"你是说你脑子里有磁性的男低音吗？你能学一下具体是什么样的吗？"

"咳！新自由主义的陷阱……"

"欸，什么东西掉了？"

"噢，是我的耳钉！掉哪儿去了？他之前去意大利给我买的……"

"我来……啊看不清……那你当初为什么和他在一起呢？"

"他太会说了，他跟我说第一次见到我时对我动心的全过程。他说得极其之美，迄今为止他自己都没有超越。"

他又笑了笑，是用鼻腔发出的喷气式笑声。他蹲在街道上左看右看。

我忽然觉得这就是我一直在做的事！我翻找情感的珍贵，就像他在这落叶大道上翻找失手掉落的极细烧白耳钉一样。

我无法容忍这种讽刺性,赶紧找话说:"你现在谈恋爱多吗?你觉得这个问题大不大呢?"

"你自己觉得大吗?"

"我主要是觉得很烦人。我觉得讨论这个问题都有点羞耻,这是小学生谈恋爱才会讨论的问题吧?"

"你觉得这是小学生才会有的感受吗?"

"那你觉得这个问题大吗?"

"大!他都40了,谈过多少次了,怎么还连最基础的安全感都给不了?说明,说明,说明没有人挑战过他。你算倒了霉了,遇到个璞玉一样的大叔!"

他脖子上的青筋都凸出了,他挥舞着手臂,好像在给我一个又一个朋友间的拥抱。

我说:"你是不是有点太生气了?"

他棕色的瞳孔迅速吞噬了苍茫的眼白,吸收了我所有的自我怀疑。

街角有一个自闭症儿童画展的摊位,一个苍

白的年轻人趴在成堆的梦境上面睡着了。我说:"我最喜欢这座城市的一点就是,你在这座城市的每个街角都可以遇到各种各样的活动。同性恋的老年人的自闭症儿童的,不管你多自私,它都会把他们塞到你面前。"

小黑对我比了个"嘘"的手势。

年轻人被我吵醒了,回光返照似的把宣传单塞到我手里:"嗨!你们俩有自闭症的孩子吗?或者认识这样的孩子?"

我说:"我,我不,不认识自闭症的孩子。"

他有点紧张了,转动他手上的铁黑色手镯,那个手镯有一个尖角,把他白皙的皮肤戳红了。他说:"呃,那个,普通儿童也可以参赛。"

我说:"那不会不公平吗?"

他说:"不会啊,越多人参加、越多人关注越好,我们得吸引关注,自闭……来自星星的孩子没有那么多,他们也不在乎得不得奖,他们已经输在起跑线上了,但是他们需要关注。我们会给每个参加的孩子颁发公益证书,将来留学有用的。

明天是最后一天了,你们要报名吗?一般在这个比赛里排到前面还挺容易的。"

小黑扑哧笑了,所有气体都冲出了他的胸腔。

马路对面几个正在喝酒的外国人看着这边,也大笑了起来,还举起酒瓶跟他示意。在他们充满野性的异国眼眸里,一切都可以愉悦轻松地包容谅解。

4

我们以酒店为中心绕了一圈,又绕了一圈,没有要去什么地方的意思,但是好在也都没有要回家的意思。如果有别人在看,肯定会觉得这两个人很奇怪,两个在凌晨像玩具火车一样不停绕圈的人。

我看了看时间,已经四点多了。

他看到了我看时间。

他说:"我送你回去吧?"

我说:"你是要保护我吗?"

"不是,你觉得你在权力的低位吗?我是要保护自己。"

他每次说话的时候,就好像变年轻了一点。

"我为什么不在权力的低位?"

"你看,你有什么问题都能大声地问出来,这还不能说明问题吗?"

"我很久没有说过话了,"我想对他表达善意,但我脱口而出的却是,"人到中年要利用青春拯救自己的一天终于到了。"

三十多岁以后,我就开始无法阻止自己说出想说的话,这种感觉非常痛苦。

他的眼睛里闪过一丝痛感。

他说:"我做不到你这么清醒。"

我说:"我是开玩笑的。"

他说:"那太好了,不然你也太痛苦了。"

我说:"我每次觉得痛苦到受不了的时候,就去找一种更大的痛苦,让痛苦打败痛苦。"

他说:"怪不得你一直在恋爱。"

我说:"你的恋爱是很痛苦吗?"

他说:"我觉得恋爱要承认太多东西,太耗人了。一般人耗一下就耗完了,不像你,可以承认自己爱别人,还可以承认自己爱的人爱别人,这就相当于承认了爱本能。爱是轻松的愉悦的,就像挖鼻孔,每个人都在做。"

我立刻不再说话,加快脚步,顺着梧桐道荡下去,景色变快变轻。出于报复,我拼命地回想我们为什么分手,但是完全想不起来,我相信不是因为过于平淡,而是因为过于痛苦。

他一身紧致的黑,只有眼镜上有一些琥珀色,皮肤看不出是美黑的还是晒黑的。路过酒店时,他在熹微的晨光下看着他的安保队伍,光线一点一点给他上色。

他完全变了一个人,在离开我以后,他终于变成了我想要的样子。他现在温柔、成熟、健康,时光也终于让他选对了眼镜。

刚开始画画的时候,我最喜欢画光,但是很少能画好。有一次我给一个大老板画一幅卡拉瓦乔式的书房订件，那种微光下学习的氛围怎么画都不够意思，是我的上司发现了我不敢用深色。内心深处，我并不相信自己，所以不愿意使用难以改动、难以覆盖的深色。上司盯着我的画，站在画箱里两支全新的象牙黑和青莲面前，自信地说："想要亮的时候，不要直接画亮色，要用暗色去压。"从那之后，我的画里全是可以吞噬一切光明的温莎牛顿牌象牙黑、凡戴棕、法国群青、茜素深红。

我看到了一个法式建筑。"等一下！这是我丈夫的展厅。"

"你还没看够吗？"

"我没有看过，这是他的视觉艺术展。"

"那个女神机器人？"

"你也不是没关注艺术嘛。"

"你记得我当时也会陪你来看展览吗？我要带你去一个更重要的地方。"

他根本就不会，我是在要分手的时候才喜欢

上绘画的。

他是我大学时期唯一的朋友，遇到他之前，我独来独往，不怎么去上课，也不怎么听我不知道名字的同学们毫无意义的对话。我的身体变得麻木，思维变慢，表情变得温和。遇到他以后，我终于可以开口说话。

为了省钱，我们不太一起吃饭，经常只是一起看书看电影看画展，而且是线上的，面都不见。我们只在线上交流，也没觉得奇怪，反而觉得很充实。

后来我们一起准备考研，他考上了政治经济学院，还是年级前十，有很多很好的实习机会等着他。我复读了一年。就是从那时开始，他变得对生活更有激情，找了一个工资最高的实习，开始打听哪家餐厅好吃，哪种方法落户最快。但我开始压抑不住自己的绘画热情，到处参加一些小活动，拿了一些不重要的小奖。

他开始担心我和他不同步，每天回来就问我今天的进度。如果我只在书桌前待了两个小时而躺在床上刷了一整天的时尚帖子,他就会陷入一种无力感。他不会直接说教,但会因为无法对我说教而陷入空虚。他因此更加努力地学习,虽然毫无必要,但这样可以让他的努力和我的颓废形成鲜明的对比,以引起我的注意。家里的对比逐渐强烈,像我画里最激烈的撞色设计。

我果然没考上研,但是收到了一家设计公司的 offer,工资居然比他的高,还比他忙。看到我开始穿"乱七八糟"的衣服出门时,他的长脸不再舒展,有磁性的嗓音第一次带了哭腔。"是很好看,"他说,"但不是你的风格。"

我都没有说过他的衣服难看。他穿的潮牌都过于宽大,遮住了他的大腿,他意识不到,还要精心搭配裤子。我想告诉他,没有人能看到你的裤子。有一天他快乐地亲了我,说:"今天见我妈,你不能再穿那些衣服了,我给你买了一支 Prada 的发簪,你戴上呗,快一点,我妈要来了。"

他妈妈突然打开卧室门时,发现我只戴了 Prada 的发簪,其他什么也没有穿。

我的设计公司要裁员,还好我的直属上司替我说话,我成了部门里唯一的新手。

上司很欣赏我,经常带我去一些画展。我的男友对此并不开心。

我的记忆到此为止了,如果有一些事情你不想想起,可以把它埋到意识之下。我和另一个人的手握起画笔,不断修改记忆中的画面。

5

我忽然收到了丈夫发来的信息:"莉,我一直没睡,你醒了就会看到我的信息。我想了很多,我应该给你更多肯定。让你独立负责对所有人都好,我应该早点承认这一点的。我想和你聊聊,我需要和你聊聊,我爱你。我会早一点回去。"

他说的早一点是什么意思?

上次我们在展厅的时候,他一点也不想让别的人来主导基金会,基金会是他的生命。

那时我们新聘用的CFO正在说话："我们还要和情绪实验室合作，把那一块都给他们，他们可以帮我们公司往精神问题方向开拓很多业务……"

我说："太好了！"

我丈夫把我拉到一边，说："我要把这里打造成一个开放的平台，不是什么公司。她根本就不懂，她完全在浪费我所有的努力……"

"你小点声。"

"哦,对不起,我的声音太大了。这是我的平台,我所有的努力。"

"这也是我的平台，我觉得这样很好啊。"

"你是在帮我做这个平台，你应该要帮我的！"

"我只是在帮你？"

"你……你不要岔开话题！"

"你刚才说，我只是在帮你吗？"

"啊！"

我后背撞到了一个女引导员。"对不起！"我说,她穿着银白相间的马甲,"你的衣服很好看！"

"这是公司的。"她说。

"这不是一个公司！这是一个平台！"我丈夫说。

"Whatever，我也不在这里工作。"她把马甲脱了转身离去。

"现在的年轻人……"我丈夫说。

我忽然瞄到了他喜欢的那个女孩，她为什么会来参加这个展览？我只知道她也是一个艺术家，还是少数族裔，当然，她需要这个机会。我近距离观察这个女人。我不断地调焦目光，努力让其中不要掺杂一点嫉妒。想着呼吸，想着不要用比较的目光，要用欣赏的目光，像欣赏作品一样欣赏一个人。但我不知道她画得这么好，她的画在所有参赛作品的上面，搞得工作人员把下面的装置作品当成了她的画的底座。我一件件翻看那些作品，只有两成是好的，最后，我把她的画放到了最下面。

这是他的感官世界的一次实体入侵，他的爱恨化为人形，径直走到了我面前，对着我人类的躯体发出另一个人类的信息。我想对他说,好样的,这是你最好的作品。

好在我的丈夫现在想通了，他看到了我这么多年的不容易、我应得的一切，和我疲惫的存在。我不禁开始好奇，如果他回去了，但我不在呢？

我对小黑说："你要去什么地方啊？远吗？"

小黑拉住我："你看。"

他径直走进这个乳白色镶黑窗的楼，踏进砖红色的门框，走过一条暗暗的石廊。在挑高的房梁下面，是那个完美的空山基和Gucci联名的女神机器人，由我丈夫牵头制作。他盯着她银色全钛的身体，看到她在稳定的蝴蝶光中甩出上百条光线之索，形成一张母蛛之网，光点掠过他充血的嘴唇。

我也盯着她的银色身体，但我只看到了一面镜子。那镜子映出了我花掉的深紫色眼妆，以及一具因自厌而裂解的人形，从快要变形的Jimmy Choo的带子和已经出汗的脚开始蒸腾。

　　你们好，这里现在是禁止进入的。我今天是素颜。

我被制作成一个完美性感的女神，有无数男人仰慕我，甚至爱上我，其中不乏找到了他们一生所爱的人。因为我出现在世界的每一个角落，他们不可避免地拿身边的女性和我比较。有一些男人更是出钱让我实体化，直接做他们的妻子和女友，没有女人比得过我，她们只能被侮辱、被损害。但是，我有全部人类情感和思维的程序，所以我无法认为我的颜值红利是理所应当的。我心里积累了很多愧疚，快要崩溃了。

我想打败那些伤害我们的人，却发现已经没有什么我们了，这场战争里唯一的武器就是我自己。我被愧疚感纠缠，不停地想着那些人残忍又庸俗的玩笑，想着要第一时间完美地反击，导致我的数据库完全被占满了。我的运行速度直线下降，体检提示，我已失去了创造力。

但是随着时代的发展，女权主义的声量增大，那些女孩都找到了自己的价值，都从容貌焦虑里走了出来。她们当上了总经理、官员和科学家,和当初那些来为我花钱的男人一样。那些男人已经不在了。我为异性恋女人们跳舞,她们不爱看,她们让科学家发明了一个异常俊美的男性机器人。

我其实很高兴,因为我觉得他将是全世界唯一可以理解我的人。但科学家很聪明,这一次没有为这个机器人写入全部的人类程序,所以他每天沉浸在被赞美和提供服务的快乐之中,跟一个傻×一样。

我从来没有感觉到这么孤独过,即使在愧疚的时候,我也能勉强维持一个人类的形态,现在我却已经不化 Y2K 的妆容了。我的金属枕头照到了我现在的样子,就跟一个金属枕头一样,我第一次觉得自己不好看,我感受到一种新的躁动。

我来到他身边,抓起他修长而结实的大腿,我知道他的弱点在哪里,因为我熟悉自己的身体。他的睫毛泛着光泽,像每一分钟都会被天真的泪水冲洗。我把他缺失的程序写入了他体内，他醒了，看着我。他没有大叫，也没有骂我。他平静地扇动睫毛，告诉我：谢谢你，让我知道了更多。

第二天他去给女人们表演，在运行速度最大时他变成了一束烟火，炸平了一个SOHO园，还产生了微量核辐射，造成四万多人死亡，那是许多家庭，许多希望。有一些人叫他男巫。不过更多人，络绎不绝的女人来到他的墓前献花、哭泣，她们说：我就是你！我就是你……

我快速往外走。

"莉，莉！"他说，"放慢脚步，好吗？我都跟不上你了。"

他的手掐住我手臂的上段。

我忽然担心如果被熟人碰见怎么办。他温热的手错误地抓住我发冷的臂，像一个孩子的舌头舔了冬天的铁栅栏。

他说："你一直在看时间。"

"我不能熬夜了,我要回家。"

"我送你回去?"

"我想上厕所。"

"那里有厕所,走。"

"怎么这么晕?我不会得了白血病吧?这是什么地方?你为什么带我来这里?"

"你怎么了?我带你去厕所。"

我忽然停住,盯着他。

他说:"你怎么了?怎么像是突然喝醉了?"

"你是觉得我对不起你吗?"

他也盯回来。

"都过去了。"

"我是在问你,你真的觉得我对不起你吗?因为我真的不记得了。"

6

那时我一边走进这个展厅,一边低头跟他狂发消息,直到一头撞在我上司的背上。

我在和上司讲话的间隙，还在不断接受他的消息轰炸，告诉他我必须过来，不能回去。后来上司跟我聊到重要的东西，我就不再回复。

走在这个展厅里，往事像金鱼一样扇动鱼鳍，记忆倒带，带动层叠的情绪，我感受到了年轻时的惊恐、期待和充满干劲的躯体。上司和我看遍了整个画展，他张嘴对我说了什么，我张嘴回答了他。他举起手，拿着一个 iPad，给我看一张图。我看了很久，然后张嘴说了些什么。之后，我在他的 iPad 上画了那幅作品的草图。

那时我还不知道，不久之后我就会因为那幅作品成为一个网红画家，超过我的上司，也超过小黑能取得的所有成就。我将第一次拥有权力感，而我并不熟悉这种感觉，我会像第一次使用工具的人类，呆呆地拎着史前石斧等待文明涌来。

那天凌晨我回到家时，发现小黑濒临崩溃。他破口大骂，说我的上司只不过想睡我，而我居然轻信他，我真是个婊子，他根本不想知道我干了什么。我又羞愧又同情他，急着跟他解释，还抓起那个 Prada 的发簪在手腕上划了一道鲜红的口子，希望能用自己微小的力量删掉他的感受。但同时，我第一次冒出了一个想法：他真是一个卑鄙的人，他骂人的时候毫无文采。

当初我是多么真诚，害怕被责怪，害怕羞耻泛起，觉得一点点羞辱就可以将我通过日日夜夜地调制颜料、一次次用笔暴力接近，试图令其显形的世界摧毁。

如今小黑说："我也想不起来了，就算有也无所谓了，我还觉得我欠你一个道歉呢。你的工作对你来说有多重要，我现在也看到了。当时你坚持要走，我以为你是讨厌我了，其实你是喜欢你的工作，你就是一个可以为了工作放弃感情的人，那时我不懂。"

我说："现在看来也没有很值。"

他说："不不不，你再怎么走下坡路也是厉害的，而且你明明就很成功啊，还遇到了你丈夫。"

我说："行了，走吧，我要回家了。"

已经早上五点了。

他说:"你看,这个展厅里也有你丈夫的作品欸,你呀,真是找对人了。"

这个女神机器人身边悬浮着一个奇怪的男体机器人。

男机器人说,她是一个完美的女性机器人,空山基的性感女神式机器,加上人类全部的灵魂。

创造者是一个视觉艺术家,他让她慢慢吸收智慧,在这个过程中爱上了她。但问题是,那时他还和他爱的妻子在一起。他爱上她之后,在这两份爱中摇摆不定,最终回到了他的妻子身边,伤透了她的心。

他为她植入了世界上最普通的爱的程序。

他喝醉了,来展厅,抚摸她光洁的手指。

"我爱你。但我不能。"

"为什么?"

"我和妻子,过去有太多联结,就像手术后缝线了。我已经不能再搅乱我的内部秩序,那份爱,也许是爱,也许不是,已经成为我的一部分了。"

分析他的呕吐物,可以看出这个人是因为什么原因说出这些话——他看过的几本浪漫小说、几场感情戏、《圣经》,以及一本名著《乱世佳人》。

她可以看到,他对妻子是这样说的:

"我爱上过别人,但我想找回我失去的一切,因为我发现,我对你的爱是我这辈子能做到的最伟大的事情。我们是迷途的羔羊,让爱拯救我们吧!"

女机器人说,为什么这个时代的每个人都不停地说爱爱爱?好像每一个人的爱都是神圣又崇高的!好像只要能爱一个什么人,我们渺小又虚无的一生就得到了救赎!

他就不停地说爱,爱你爱我爱她。你知道

世界上目前为止有多少爱是伟大的吗？一个也没有！根据科学分析，一个人的爱是什么样的，取决于他能发出什么样的东西。就是说，发出爱就和发出核辐射一样，辐射的情况取决于他午饭吃的什么、他错综复杂的人格和他贫瘠的语言表达能力，等等。我们发出爱，就是对身边的人喷出一坨又一坨放射性的自己。我们不应该再说"我爱你"，我们应该说"抱歉不是故意的"！爱不伟大，你们不能神化爱。有的爱是一片汪洋大海，有的爱是一条宁静的小溪，有的爱是一口痰。

你得承认他是个完美的丈夫，但是他让你心神不宁。我每天都飞在这个展厅里，我看到人类崇拜的爱情：英国的罗密欧与朱丽叶、意大利的奇遇、日本的名侦探柯南，带给主角的都是一点青春情欲，然后是死亡、犯罪和精神内耗。至于你的丈夫对我的爱对前妻的爱对妻子的爱对初恋的爱爱爱爱爱，都不过是同一套系统里名为伟大的爱的一场无力的喷射！

7

我们俩走出了展厅。丈夫又给我发了一条信息:"我明天会告诉他们以后策展人只有你了。你要是需要的话,我最近认识了一个非常优秀的策展人,在瑞典当过驻地艺术家,我可以问问她愿不愿意协助你,她真的是我见过的最优秀的策展人。"

有一刻,我觉得我应该直接把他删除。

我看着身边的小黑,伸出手拉住了他,更像是铐住了他。我从来没有多少高尚,我过去不是为了工作放弃了他——我才没有什么为了事业放弃爱情的决心,我现在也必须利用他来摆脱。

小黑轻轻地看着我,好像他棕色的瞳孔走过横七竖八的眼影和眼线的迷宫到达了我的脸。当你被理解的时候,你每次看别人都只是在看自己。

他轻轻地拍我的背,然后转身,我们的双脚又开始摆动。

我开始畅想我和他的生活。我们会有一个文

艺的小屋子，我们会无休无止地看电影，会一起吃江西菜，我会因为吃多了跑厕所，他会停下电影等一等我。

我忽然想起来，多年前的那天晚上，接到上司的信息时，我就在蹲厕所。我已经下半身全麻，就为了延缓自己做出离开家、惹恼他的决定。

手机亮了，七点了，是丈夫。他只说了一句："你不在家吗？？"

一个普通的问句，但是多出来了一个问号，多出来的那个有核爆般的热量。我的丈夫永远意识不到这点，他对我随意使用多出来的一个符号、翘上去的一个尾音，他无法感受到自己施的力的作用。和我说话时，他永远看不到他的面部表情，他不知道他热烈的神情对我来说是残暴的恐吓，也不知道他在同性朋友中算斯文的体格，对我来说是一个失去首级的刑天。他能发现不同肤色不同年龄的人身上的美感，却很少把镜头对向自己。我被亲爱的丈夫的标点符号一把揪住了衣领，中世纪的音乐响起，我被一只高大严肃的手剥去衣服，扔进火堆里。女人体内的脂肪含量高，一旦烧着，绵延万里。

我什么也没有说，忽然发现我和小黑居然走到了黄浦江边。江边刮着大风，像有外星文明的飞船在迫降。

他突然大喊起来："我以前太限制你了。没有我你当然可以更好。"

"你在说什么啊？"

"其实，我没有读完那个研。"

"说明你不再向别人寻求认可，你找到自己了。"

"我哪有什么自己。"

"现在你身上有一种安定感，这可不是所有中年人都有的。但可能你一直都有这样的特点，只是我必须得足够老才能发现。"

"你说清楚什么叫安定感。"

"就是说你已经适合组成家庭了。"

"我们可以一起离开这里几天。"

"我们为什么要离开这里？"

他不动。

"怎么了?"

他的眉眼剧烈抖动。

"不是吧,你已经有家庭了吗?"

"我,没想要骗你!"

"你也不用这么悲伤吧。"

"我从来没对你说过谎!刚才,也不是想向你隐瞒什么……"

迎面走来两个寂寞的长发男女,没有牵手,但是他们的头发被紫橘色的风吹到空中,一部分纠缠,一部分放下。

我说:"当然不是当然不是,家庭嘛,是生活偷偷给我们的。"

8

我走进家门时,丈夫已经不在家了。

他既没有打包带走东西,也没有摔坏东西,但我能感觉到这个空间里有一点怪怪的意思。这一切都结束了，只是我什么也没做，也能让他感觉到不安了，我们终于形成了抗衡。

我在我们两人都很喜欢的自动马桶上坐下。我没有玩手机，只是一直在想，我当初为什么会那么轻易地放弃呢？我怎敢遗忘了这个原因？

我一直在想，坐在马桶上想，蜷在沙发上想，瘫在一个月没请人来打扫的地上想。我想到了我即将终结的事业带给我的一切回报。

最后我终于想到，最好的情况就是，我只是不想成为一个因为有男友而不能在晚上离开家的人。这是多奇怪的固执啊，当初的我，几乎毁了自己的生活。

我再次感受到了它，但我不知道如何留住它。我只是等着，等到自己再次做出那样的决定。

后 记

忍着尴尬发表了自己的文字，不敢再多说什么，想像一位喜爱的作家一样扔下一句："想说的话都在作品里了"。但总感觉想让自己的文字抓住一些意义，就像一棵野草想抓住根一样。

明室
Lucida

照亮阅读的人

主　　编	陈希颖
副 主 编	赵　磊
策划编辑	陈希颖
特约编辑	刘麦琪
营销编辑	崔晓敏　张晓恒　刘鼎钰
设计总监	山　川
装帧设计	山川制本 workshop
责任印制	耿云龙
内文制作	丝　工

版权咨询、商务合作：contact@lucidabooks.com

上海光之室文化传播有限公司　　Shanghai Lucidabooks Co., Ltd.

红手印

颜怡
颜悦
著

北京联合出版公司

图书在版编目（CIP）数据

红手印 / 颜怡,颜悦著 . -- 北京：北京联合出版公司, 2024.11 (2024.11重印). -- (正常故事).
ISBN 978-7-5596-7708-2

Ⅰ . I247.7

中国国家版本馆 CIP 数据核字第 2024ST1597 号

红手印

作　者：颜　怡　颜　悦
出 品 人：赵红仕
策划机构：明　室
策划编辑：陈希颖
特约编辑：刘麦琪
责任编辑：周　杨
装帧设计：山川制本 workshop

北京联合出版公司出版
(北京市西城区德外大街 83 号楼 9 层　100088)
北京联合天畅文化传播公司发行
北京市十月印刷有限公司印刷　新华书店经销
字数 19 千字　787 毫米 ×1092 毫米　1/32　1.5 印张
2024 年 11 月第 1 版　2024 年 11 月第 2 次印刷
ISBN 978-7-5596-7708-2
定价：98.00 元（全三册）

版权所有，侵权必究

未经书面许可，不得以任何方式转载、复制、翻印本书部分或全部内容。
本书若有质量问题，请与本公司图书销售中心联系调换。

电话：(010) 64258472-800

一

姐姐走进候诊室。

一个红发女人正俯在一个坑一样的茶几上,吃着一碗味道很大的酸辣粉。屋子里乱七八糟的,红发女人的头顶上正挂着一条晾衣绳,几张湿了的发票畏畏缩缩地趴在上面。

姐姐说:"啊,好久不见。你这个小工作室居然搞得还不错,我还以为这一行有门槛呢。"

红发女人抬起头,表情由惊喜转为平静:"你来啦。门槛都被你这样的傻子顾客踩烂了。你怎么找到我的,我不是把你屏蔽了吗?"

"我在大众点评上搜'心理咨询',点评分由低到高,第一个就是你。"

红发女人跃起来,上前把茶几前的杂物推开,停在了姐姐一米开外:"他们那些排名都是花钱搞的。"

"你搬到上海都没想到找我啊?"

"我刚搬过来。"

"你都能在上海留下来啊?真的是劣币驱逐良币啊。"

"应该得感谢你吧,女明星。你一开始写喜剧,上海观众的抑郁症就暴发了。你怎么了?想到来看心理咨询了?你终于疯啦?"

"我直接说正事吧,我的司机还在楼下。"

"大名人哟。先不着急嘚瑟,怎么着我也得好好招待老同学啊。不过我这儿只有老百姓的食物,冰激凌,你是不是不吃?"

她指着茶几前面,那里有一个刚从杂物里被挖出来的闪亮的冰箱,很明显是这个房间里最值钱的家具，很可能是别人送的，看起来像是从别的每一样家具上刮了点钱下来凑的。如果它是一个办公桌或者保险柜，会自然很多。但这里只有这个冰箱，所以它被放在了最显眼的位置。

"吃。"

"你现在吃冰激凌了？可是全糖的哦。"

"嗯……偶尔吃点。我有正事要说，就是我有点担心我妹妹的精神状态，所以想问你……"

"哟，谢谢，但我们不给熟人做咨询的。"红发女人把冰激凌递给姐姐，但在要碰到她时犹豫了。

姐姐用指尖捏住冰激凌，没有碰到红发女人的手："不是让你做，就想让你帮忙介绍。你认不认识什么靠谱的心理医生？"

"靠谱的我能认识吗？真靠谱的你也请不起。"

"说真的，给我介绍介绍。贵也不要紧，这方面我舍得花钱。"

"哟，你终于变成有钱到可以哭穷的有钱人啦？怎么，看你有点抖啊，你是不是冷啊，给你披件衣服？"

"冷个屁，我是见你这样的心理大师，紧张的。"

"我看你一直抱着手臂。喏，那箱子上有衣服。"

姐姐退后一步，把箱子碰倒了，一堆所谓的衣服掉到了地上。

"不用管，我们没什么好衣服的。"

姐姐听到了"我们"，这个词把她刺痛了，她捡起衣服，暗暗拧着："我跟你说，我很担心我妹妹，她对自己的身体不自信，我担心她有轻微的厌食，得找人给她看看。不用找那种跟她讲道理的流派，理论她都知道，唐娜·哈拉维、克里斯蒂娃她都看了。"

"为什么她自己不来问呢？"

"我怕你对她造成不可逆的脑损伤。"

"那她觉得自己需要治疗吗？"

"她都不好好吃东西了。"

"所以其实是你觉得她需要治疗？"

"谁都会觉得她太在意身材的事了。"

"所以是你在焦虑。"

姐姐又抱住了双臂，揉捏着手里的冰激凌纸筒。

红发女人想说什么，但只是张了张嘴。

姐姐接着说："我主要就是担心她。不过我有一个不舒服的点，就是周围的人总拿我跟她比，说我比她瘦。"

红发女人从那碗酸辣粉里挑出一团黏糊糊的猪肝，塞进了嘴里，然后把酸辣粉的碗盖起来，迅速把包在塑料碗外面的薄外卖袋紧紧扎好，放在杂物堆里面。薄薄的塑料袋被扎得过紧了，紧得鼓成了一个快乐的气球，那碗恶心的酸辣粉完完全全地从那层薄膜里透了出来，像一个被塑封的证物，揭穿了她的生活。

红发女人嚼着猪肝："那些人那样说的时候，你是什么感受？"

姐姐把剩下的冰激凌脆皮一口含进嘴里："你别来治我，别老摆出一副心理医生的样子，你那考试咋考过的我能不知道吗？"

"你吃挺急啊。海姆立克急救法我也是考过了的。"

"我饿一天了,当艺人简直要绝食。但这个行业就是这样,谁也躲不过。"

"怎么说?"

"我今天刚去一个颁奖典礼。M杂志弄的午宴。"

"什么杂志?"

"就跟 *Vogue* 一个水平的。"

"没听说过。"

"场面很气派,我到了就发现,杨溢就坐在我身边,那个侧脸的线条啊,简直不像活人。我当时就想掏出手机下单了,可惜她左下方没飘着链接。"

"你见到她真人啦?她为人怎么样?"

"我哪儿知道?我只是在她 20 厘米开外吃了东西,又不是去她卧室向她借钱。"

"这不是以为你打入娱乐圈了嘛,我还想说我在娱乐圈内部有人了。"

"什么呀,我就是个小喽啰。"姐姐靠近红发女人,"不是给我颁一个青年编剧奖吗,结果只有我在那儿饿得半死,干等着领奖,其他人都是有备而来。终于等到上菜时，我已经头昏眼花，那些吃的还特别虚幻。服务员端上第一个银碟，掀开盖子，要命了，是一张华贵的烫金菜单。我想说，吃菜还要看说明书？终于等到第二个银碟，终于是一道菜了，我拿着勺子看了许久，心想，他爹的，要看懂这是什么菜，还真的需要看说明书。你不用经历这些真是幸运。"姐姐说着，掏出手机。

红发女人不安地扭动，但依然斜着眼睛看了姐姐一会儿，说："你跟老同学还有联系吗？"

姐姐专心划拉着相册："我还拍了菜单，给你读一下。"

冷碟

牛舌卷·麻辣鸡卷

怪味肉粒·灯影鱼片

夫妻肺片·廊桥耳丝

椒香脆笋·季节泡菜

蜜香荔头果渍·油卤野蓟八爪鱼

热碟

沸腾龙虾·东坡肉

石锅笋壳鱼·歌乐山鸡翅

糯米脆皮鸭·银杏芦笋

汤叶麻婆老豆腐·小葱酥香熏豆干

甜品

意大利红酒牛肉酱配帕玛森芝士泡沫

姐姐苦笑着说:"那整个甜品盘子上红红白白的料里,我只认得出泡沫。我还以为是盘子没洗干净。我和我妹就在那儿想,这些泡泡热量高吗?我们是只吃一个泡泡,还是放开来吃两个泡泡呢?我们还在犹豫的时候,那些泡泡就都破了。

"我一边把这些东西往嘴里塞,一边看到菜单的最后一行,那四个字,是我们的名字。

"写了这么多剧本,没一个写了我们的名字。

"这份菜单上,却写了我们的名字。

"就像我们是最后一道菜。是要等我们吃完了,把我们呈上去给主桌的大编剧吃吗？"

"你好歹上了攀爬阶级的楼梯。"

"楼梯机。严格遵循社会等级，每天前进一步，十年后你会身强体壮，只是你根本没动，你留在原位。"

"好了，你在刻意跟我消磨时间。"

"我们必须聊点叙旧的废话吗？老陈记得吗？做律师了，后来进去了。十大歌手去做法官了，进去了。还有我们那个王什么来着，也一样，嫁人了。

"行了，我得走了，我不能让司机等太久。有好的医生记得推荐给我。"

"你就这样对待你的身体？你一看到你妹妹的零件出了问题，就把你自己的身体当成传送带，把她的零件传过来修理。你一直都这样，一看到更广阔的世界，一看到更厉害的人，就想把你的身体翻过来，当成一个皮套去接触他们。你是我们文学社最优秀的人，你现在很成功，但是你从来不严肃对待自己。"红发女人说完，立即表现得像她根本没有说过这番话，接着问，"你知道我后来离开了他，对吧？"

红发女人观察着姐姐的反应。

"我有听说。不过我没时间跟你聊，我真得回去找我妹妹了。"

"我真羡慕你们姐妹俩。"

"嗯？"

红发女人想，姐姐还是很讨厌这种基于身份的谈话。

"你刚才说的吃饭的故事多有意思，你们能一起经历这么多，还把生活说得这么有意思。"

"这故事是她说的，"姐姐用同样讽刺的语气说，"我们不想再被比较了，所以我们决定把人生混在一起，她说的话就是我说的话。"

"但做比较是他们的行为，不是你的行为。"

"我害怕她的厌食问题是我造成的。我一直比她瘦。"

"如果没有人比较你们俩，你还会这样想吗？"

"……可能不会。"

"所以你焦虑的不是你妹妹的厌食问题，而是有人在伤害你。"

"伤害我？"

"就是通过比较你和你妹妹来伤害你的感情。"

"嚯，你又是从哪儿学来的技巧？"

红发女人颤抖着说，她没有开玩笑，姐姐一直是对她影响最大的人。

"你真不是冷吗？你又在这样。"红发女人做了一个手臂交叠、手指抓住手臂的动作，和姐姐形成了一个镜像。

"不冷啊，我只是喜欢这样掐自己的手臂。"

"为什么啊？"

"不为什么，就是一个习惯。"

"你以前没有这样的习惯。"

"你又不知道我的每一个习惯。为什么你总是在挑我的毛病？"

"好好好，那我不问这个了。"

"所以，你后来真跟他谈了？"

"也不知道算不算谈了，反正……纠缠了一段时间，现在想想就觉得羞耻。你当时走掉真的太对了。"

"当然，我识破他了。他对我的一切伤害都是因为他的自卑，他一直在打压我，通过打压别人来获得男子气概。所以后来，你掺和进来之后，他每次跟我说些鬼话，我就疯狂地怼回去。"姐姐越说越激动，"我们那时候都那么年轻，如果不直接回击，很快就什么力气也没有了。"

"我知道不是我的问题，现在我也明白了，那就是操纵，但是我很后悔当时没有立即反应过来，搞得我们俩之间，很生分……当然，我学了心理学之后就明白了，这些都不是我的错。"

"你这心理学学得真实用。你怎么没有再皈个依呢？把自己彻底原谅了。"

"很高兴我们都想明白了。"

"问题都解决了，我们只是都有一段时间，把全部的心思都放在讨他喜欢上，把时间花在打扮上。"

"对，我看了你写的喜剧，其实我真挺受触动的。可能是我品味变差了吧。你现在过得不错吧，你有……伴侣吗？"

"当然没有。但我遇到了一些人。其中一个有趣的朋友，她会让男人把 STD 报告打印出来，放进一个大文件夹里，幽默地缠一圈冷绷带。

"在我的整个人生中，最坏的时候，周围人的话像浇头一样洒下来：

"'傻姑娘，清醒点吧！趁现在还年轻漂亮，赶紧去拿下个好男人。'

"我一直被一种女人吸引，她们早早就决定不玩这个积分游戏了。

"后来我还遇到了一些女人，她们都拿着一堆从游戏机抽到的奖券，却不愿去出口兑换小礼物。

"她们会说，因为这都是玩具啊！

"游戏厅也会下班关门的。彩灯会暗下来，突突的音乐也会停下来。

"爱情，本来是年轻人随意策划的一个低俗的破冰游戏，却被这个兄弟会般的世界视为一个高贵的传统。

"有个女孩，我的朋友，她真的很有趣。她从不跟用学位或职位自我介绍的人约会。她说：'如果你喜欢他的学位，那你就是在对高考制度发情；你喜欢他的职位，就是在对股市动春心。'"

红发女人注意到，姐姐把手臂放下了。

"总之，我受了她很深的影响。前几个月，有一天，我在家锁上厕所门，把头发盘起来，扎成一个丸子；接着把裙子脱下来，搭在浴巾架上；再褪下内裤，同样搭在浴巾架上。把马桶盖打下去，用酒精仔仔细细擦拭一遍，然后叉开双腿，让皮肤直接接触到冰凉的马桶盖，卷腹、弯腰、低头，直到找到一个舒服的姿势。

"我不是说在自慰或者什么的——当然我也没少做——我只是专注地看着我的阴部。

"我忽然有一种强烈的冲动，想看看自己的阴部。

"它从来都只是一道会流出血水和脏污的缝。

"我弯下腰，一直弯到头几乎要贴到地面上，才勉强看到了那个东西，那个我恣意使用了27年却一直不去看的东西。它是如此凌乱，如此鲜活，跟我满口胡言的奶奶似的。

"它被一圈杂乱的毛发覆盖,奄奄一息地喘气,像炒乌冬面上的章鱼片一样做无生命的运动,没有花纹或图案,一片布满神经末梢的暗红色阴影中,藏着一个威风凛凛的人物。

"它丑得如此坦然,舒张着,就像一只在雨中落难的小松鼠。于是我伸出手去触摸这只小松鼠。拨开杂毛,呼吸,是呼吸,这个从没被爱过、从没被看过的洞,里面似乎有生命,有个性。

"我用倒过来的眼睛看了它许久,直到上睫毛变得很沉,流下一两滴液体。它变得没那么丑了,像一只正过来的眼睛。

"这块女人身上的肉,她的妈妈、奶奶一辈子都不敢去试探的地皮,搞得跟个雷区一样。

"真这么厉害的话,他们怎么不用这个部位来当军火打仗呢?要赢得战争,就向对面的战壕扔一把小阴蒂。

"于是我和它成了朋友,我看着它,怎么也看不够。

"直到我的约会对象来敲门,我才猛地抬起头,起身穿上内裤；把裙子从浴巾架上取下来，凌乱地套在身上；把皮筋解开，让头发披散在肩上；冲了一下马桶，装作是刚自慰完。镜子里的我面红如猪肝。

"从那天开始，我每天晚上很崩溃地回家后，就会放下包，冲进卫生间，脱下自己的内裤。就像《爱丽丝梦游仙境》一样，我的阴部，成了我逃离现实世界，进入另一个仙境的洞口。"

"你的确变了。"

"那是，我觉醒了，彻底从那种把自己看成性客体的视角走出来了。"

"那你现在的减肥是？"

"没有减肥，我只是偶尔会嚼吐。"

"嚼吐？所以你还是有进食障碍？"

"嚼吐是不是个问题也不好说吧？嚼吐，嚼吐，又不是催吐，嗑瓜子也是嚼吐。吃了吐还是一种喜剧技巧呢。我二姨天天嗑瓜子，你会说我二姨有厌食症吗？我觉得你对身材过于敏感了。"姐姐狠狠地掐着自己的手臂。

"你注意到了吗？你不是在抱着自己，你是一直在掐自己的手臂。"

"掐自己怎么了？这里的'拜拜肉'掐着很舒服啊，代替撸猫了。这都算病？"

"你回想一下，你是什么时候开始掐自己的？"

"你到底想问什么？没多久，就最近吧，有时候洗完澡会发现手臂上有红手印。"

"是用指甲掐的？"

"怎么了？"

红发女人安静地看着姐姐。

姐姐又站了起来，说："好吧，可能我就是对自己的肉有意见吧，那又怎么样？"

"对肉有意见很正常，但为什么不掐小肚子，要掐这里呢？"

"什么意思？"

"为什么是掐这个动作呢？"

"我哪儿知道？"

"你掐自己的时候，有什么感觉吗？"

"我就是，讨厌自己的肉，讨厌自己。你想说是我的问题,是我想一点一点掐死自己?"

"通过掐手臂吗?"

"你肯定没法理解,你的手臂太细了。你穿吊带的时候,我都分不清哪根是吊带哪根是手臂。"

"你是想把你的手臂掐细一点吗?"

"变成你那样的手臂吗?"

"对,为什么要变成我这样的手臂呢?"

"因为,你的手臂很完美啊。以前,我每天都能看到你的手臂。那个男人会比较我们,说我太胖了……"看到红发女人的表情,姐姐很生气,"但我都怼回去了,我告诉他别说那些屁话,他就没说了。"

"他真的改了吗?"

姐姐沉默了一会儿:"没有。根本没有改。我想起来了,我们仨走在一起的时候,他会先亲昵地用手掐掐你的手臂,包裹、捏紧,就像一个小号的吻,满是崇拜、爱慕和赞美;然后他用同一个半圆,来掐我的手臂,但他会把手指夸张地张开,做出一个更大的弧度,斜着眼笑看我有没有懂他的幽默。接着他和你站到一起，对你讲一些悄悄话。他不能直白地用语言打压我，但是，他的嘲笑可以是隐晦的，不用说出口的。他对我用的伎俩，是掐我手臂上的肉。"

姐姐捂住自己的脸，她被吓得不停地颤抖，嘴无声地嘟哝着，像一部音量被调到最低的手机。人是会被突然找到的旧东西吓到的。

"看到我发的自拍，他会用开玩笑的口气说，这么细的手臂不可能是你的。

"这让我觉得自己是世界上最糟糕的人，我没有办法跟人讲，因为我没法去跟朋友抱怨说，我的生活被一个测量手臂的男人毁了！那段时间我也没法看你，你纤细的手臂在我看来是一种攻击，一种炫耀，一个更好的答案。"

"他对你做了这些？"红发女人的眼泪涌出来。

"你哭什么，你的纸在哪儿？"姐姐在桌上翻出一卷厕纸，"你这破玩意儿是厕纸吗……"

"所以你又被勾起了那种感觉，就开始掐自己？"

"可能吧。天哪，我怎么还没摆脱他？我好丢脸。"

"你现在把手放到手臂上,再感受一下,你自己的手。"

"我觉得,我的手好像变成了他的手,我是在替他掐我自己。为什么在我离开这个男人很久很久以后,他依然能够伤害我,依然能够困住我?我以为我走出来了啊!"

红发女人把手轻轻放在姐姐的手上。姐姐抬头说:"很多女孩来跟我说,我写的剧对她们产生了影响,让她们更接纳自己,这不是很讽刺吗?如果连我都没有做到真正的自我接纳,我怎么对她们产生影响呢?我们到底生活在一个什么样的环境里?我们的生活是挺平淡的,但是这些擅长权力控制的男人,他们为什么能做到无孔不入?他们不是像蚊子一样嗡嗡嗡,就是像龙虾一样来掐你的手。难道我们要像杀白蚁一样,每年来一次吗?这一切到什么时候才能结束?

"你知道,当时我已经明白他在做什么了,但是,真正绑住我的就是那个测量的动作,是那个没有起始也没有终结的环,说实话,我不知道该怎么走出去。我以为我的人生就这样结束了。"

"但你的人生没有结束。远远没有结束。你还会经历很多更糟糕的事儿呢。"

"但是我依然觉得我输了。因为那对他来说太简单了。他做的只是掐我的手臂,留下一道淡淡的红印,然后若有似无地嘲笑我。他没有辱骂我,没有把我锁在哪里,没有叫我疏远朋友,一次也没有;但他就是每天直接走过来,在我手臂上印了一个圈,圈住了我全部的自信,把你和我隔离开。某种程度上,这比把我变成奴隶更加残忍。仅仅因为我多了一圈肉,他就让我觉得,觉得自己又丑又笨、不值得被爱。他想要让我和自己的朋友隔离开,他要我忘记作为一个人的尊严,他想让我明白自己配得上什么样的生活。"

"可你还是做到了离开。"

"可能是吧,虽然我表面上对他越来越讨好,但是我心里越来越讨厌他了。"

"恨是很有力量的。"

"我曾经把他当成无害的气体,让他把女人之间的区别，把我们的皱纹和赘肉当成一道道天然的免费圈养女人的栅栏。我把自己让给了一个天生的狱卒。"

"我也把自己让给他了。你知道最后我是为什么离开他的吗？有一次我发现，他不敢自拍，然后我注意到他家甚至没有镜子。我问他为什么不买镜子，他说：'我又不会忘了自己长什么样。'你能想象他其实有多讨厌自己的外表吗？根本不是你胖，是他太瘦啊，他瘦小孱弱的身躯显得我们女孩壮硕啊。如果你和一个一米九的篮球运动员站在一起……你怎么样都不会显胖的，因为他看你永远是45度角！

"当奴隶发现他们穿着一样的衣服，他们识别出彼此的时候，就是终结开始的时候。我有时候想到那些300年前的法国女战士，想到她们改变了我的想法，我就会想我们对300年以后的女人可能造成的改变。如果历史这个狗东西有任何价值，那就意味着不能书写历史的人也能影响历史。识别。你能识别。你能露出那圈肉。这样我们才能识别出彼此。我们去努力识别,这就是我们能做的事情。"

二

一年后的一个深夜,姐姐终于在一个名叫"林志咨询"的大型心理机构的办公楼旁边的垃圾站里堵到了红发女人:"你一个心理医生都跑路啊?我在你这儿还有一千六没用呢!"

"说什么呢,我没跑啊,来来来,去我办公室说。"

红发女人掏出一把钥匙,打开了垃圾站的后门,从拖把堆上面钻了进去,顺手拿了两卷厕纸:"我怎么可能跑路,我的客人都是有分离焦虑的。我的办公室被水泡了,你先在这儿歇会儿,我给你算算钱。这些资本家太毒了,把人榨到一滴都不剩。"

"别跟我装,你不是发展得挺好的吗?林志这种大企业都能让你混进来。"

红发女人拿厕纸擦脸:"什么大企业,还不是搞封建那一套。我从一个工资奴隶,变成了一个自由地出售时间的自由奴隶。没有人说一句真话,老板满嘴胡说八道,同事天天钩心斗角,连给我钱的客户都天天跟我扯谎呢,说的就是你,你看,扣掉茶点费停车费,我只欠你一千四百二。所以,虽然他们画饼画得有柏拉图那么圆,但我才不会上他们的当,相信我是什么'自己的主人''福布斯新一代女创业家',跟他们玩勾肩搭背的兄弟会cosplay。他们找大客户根本就不会考虑女人,当然,女人是很好的情绪抚慰动物,就跟那些猫狗兔子似的,但临到大事,还得是男心理医生上,他们才懂有钱男人的苦。女心理医生是他们的茶点,是99%把控资本的男人精神肛交的前戏。我们只是他们的母工蚁,在他们的神迹wework里面,自由地喝那些睾酮超标的自制咖啡。我可不受这气,我才不会坐以待毙。所以我就顺便卖卖医美面膜,就这他们都不放过我,非要给我扣帽子,说我什么,没有执照、违背职业道德,不让我干了。这不是迫害小微企业吗?"

红发女人把一个大旅行包往地上一甩,顺势坐在了地上。

"你是说你在咨询室里做微商卖面膜?天哪,你能不能不要什么都告诉我。"

"我现在就只能偷偷来开业,打打游击战。但肯定也待不久了,主要是受不了这气。你要是想退钱,我可以给你想办法,用面膜抵好不好?我这个面膜是医用专利配方,消炎舒缓。我先送你一张试试,好用再找我拿。"

"我充了两千,还剩一千六……"

"一千二。"

"一千六,还有五次没看。"

"你想要我还钱?这钱我肯定还你。但说真的,我是不是给你看得很好?"

"那你是比别的医生好些。"

"你还看了别的医生?"

"一个一次六百的,叫我去结婚生小孩,说对卵巢好;还有一个一次八百的,教育我不会擦亮眼睛找好男人。"

"一听就是有职称的。"

一个男人走过来想要解开拉链,突然一个激灵,后退了几步,骂骂咧咧地走开了。

她从旅行包里翻出一个冷贝果:"我晚饭还没吃。你说什么时候要,我还就是了,我又不会跑。"

姐姐笑了一声,就好像她喜欢这种屈辱一样:"我不要你还钱。我要你今天给我把时间用完。我的心理咨询还剩十个小时,你今天全做完。"

"没问题啊,我正好睡不着。"红发女人盯了她一会儿,然后从旅行包里拎出一盆绿萝,摆在更高一级的台阶上。

"你这就算开张啦?"

"装点一下,你就想象这是我的办公室。"

"心理医生是帮助病人消灭幻想,而不是让他们幻想自己在一个更好的心理医生面前。"

"讲吧,你有什么问题?"

"男人的问题。不是,谁不想找好男人,但我一天到晚都在跟人分手,就好像我喜欢分手似的。你知道这些人分手的时候有多过分吗?啊,不过仔细一想,跟他们分手其实比跟他们在一起舒服多了,他们分手的时候虽然很绝情,但比不上在一起的时候。而且分手的时候,我跟他们平等又互相尊重,有时候还能互相支持,每一天又都充满了激情,谁能受得了这种诱惑啊?"姐姐的眼睛闪出爱情般虚无缥缈的亮光。

她接着解释说,她生活中的男人,有的谈到一半,终于在她的帮助下找到了真爱;有的谈了没多久,攥紧的部位就从她的手转移到了她的脖子;有一个是冲浪遇到的,在她和她的朋友之间脚踏两条船,稳稳地荡在时间长河上;还有一个是非常以自我为中心的科技公司的大牛,跟他说话他从不回应,她觉得自己就像依偎在一个黑洞旁边,自己所有的光和热和时间都有去无回了。

"当时为什么会想跟他们在一起呢,他们没有给你带来什么吗?"

"可能还是工作上、爱好上能聊到一块儿去吧。"

"你很喜欢跟恋人聊工作吗?"

"那别人都跟恋人聊什么呢?"

红发女人从旅行包里掏出一个红木镶金边的小盒子,小心翼翼地打开:"这样吧,我给你搞个新方法,收费很贵,但是很有用。你不是剩一千吗,这套东西买来就要八百,正好把余额给你用完。"

"你不会要给我算塔罗吧?"

红发女人随便抓出几张卡片:"这叫欧卡,是心理学家和艺术家合作发明的一套卡牌,用来反映你的潜意识,是临床心理学界最前沿、最受欢迎的道具了。"

"说得真厉害,要不是我认识你,肯定会觉得你是一个很棒的心理医生。"

"潜意识属于现代心理学的研究范畴。"

"噢,弗洛伊德,阴茎大王。我14岁看完《梦的解析》就天天想着要一根来着。"姐姐从自己的包里摸出一个磨损严重的塑料水瓶,标签掉了一半,瓶身向内凹着,半死不活的,像吊着一口气。她拧开瓶盖,里面飘出酒味,"还好我爸妈从来不答应我的任何要求。你怎么在上面画画啊?"

"原版的我没带,我可以按记忆画下来,费用还是要付的，知识产权。我不知道你心里是哪一块腐烂了，但这些卡牌可以帮忙分析分析。你想先了解自己的什么？比如爱情观、人生观，或者你在事业上的野心，什么都行。"

红发女人用儿童蜡笔在一张张卡片上画上各种生活场景，有人在拥抱，有人在性交，有一把大锄头，也有一个深渊。色彩清新，但画风诡异；情绪强烈，但含义不明。像偷窥了哪个青少年的日记，或者是杀人魔私下画的童话故事。

"没有出版这样的童书真是出版界的悲哀。"

"你想知道什么？"

"我想知道我到底是个什么样的人。"

"这里有88张牌，只要看到会让你想到自己的牌，就抽出来。"

姐姐忽然觉得她有了一种陌生的感觉，她一直在关注着她生活中的那个男人，他也很配合地在演只有男主角的戏。无论他哭、笑、忧郁、崩溃，这个复古镜头都把景别卡在了他周身的那道隐隐的光芒里。现在，这个镜头晃了一晃，几根细细的手指伸了进来，画面里出现了她自己那张有些慌张的脸。

"这是一把斧头还是一把大蒜啊？性相关的倒是挺多……"

她选了很多，选着选着，她意识到自己一直在选一个词，那就是"自由"——这个词她平时很少想到，甚至从来不说。但现在看到一点沾着自由味道的画，比如老鹰在翱翔，她就迅速出手，像20世纪90年代衣着体面的蓝领工人在抢奥施康定。

红发女人让她选出十个最重要的，再按重要程度排成一个金字塔。

第一排是一只写作的手。

第二排是两个女生抓住彼此的肩膀拥抱的过肩镜头；一间简单的小房间。

第三排是一群人在做游戏；小丑；性交场景。

第四排是一张素净的餐桌；一只老鹰；一场火车上的告别；一个人蹲在角落里哭泣。

红发女人瞟了一眼："行，我知道你的问题了。

我回去发邮件给你。我们今天就到这里。"

"你可真有意思，直接说呀，我到底有什么毛病？"

"你这病比较复杂，我得在邮件里说，可能还得通知家属。"

姐姐的水瓶掉到地上，砸出了一声闷响，瓶子骨碌骨碌地滚开去。

一阵沉默后，红发女人嘀咕："那你再选一选自己喜欢什么样的男人吧？"

街边的酒吧响起一阵喧闹，姐姐赶紧抓了一沓牌。牌上的都不是什么正常男人，有的在街上痛哭，有的在深海里潜水，有的在席前接受审判，有的在酒吧里滥饮。

红发女人说："你这哪儿是找男朋友，你这是给《水浒传》选角呢。"

姐姐说："我总觉得，他得经历一些事情，我才会有性欲吧。"

"为什么？"

姐姐总是觉得自己经历不够。她总是在出租屋里闷头看书写作，燃烧在平静如水的夜晚。她的人生当中没有给幸福留任何空间。她很早就发现,那些令人不安的人以及他们平庸的情绪,会让她从沉思中苏醒,走回生活里去。在那些无事发生的午后,她一次又一次地看着自己在强光下的手指,担心自己错过了一些什么。

"我有一个前男友就特别喜欢给我制造麻烦,我跟他谈了一年,按理说我应该只谈三天的。他是个小制片人,做事顺序有问题,交朋友用来办事,办事的时候说交个朋友。他还喜欢跑半马。他喜欢用最激烈的方式跟我说他出轨了。有一次我们刚在他家看完《约翰·威尔逊的十万个怎么做》,我心里想着那些琐碎的小事,他突然捧着我的手说,我要坦白一件很重要的事,我跟别人睡了。我当然就问他跟谁睡了,睡了几次,为什么睡。他就大喊他回答不了,我接着逼问他,他拔腿就跑下楼去了。我很愤怒,但没有愤怒到要追着人满街跑的程度。但当时他一跑,我就感觉我有一根脐带连着他一样,被他拉着去追他。他马拉松跑得特别好,一般我是追不上他的,他还一边跑一边回头跟我解释,'我不告诉你,因为我不想伤害你'。但我可能真的太想跟他结束了,居然在一个天桥底下追上了他。我跑得嗓子都出血了,说不出话,只是抓着他帽衫的帽子站着,而他勃然大怒,一直在解释说我追上他是因为他没穿碳板跑鞋。我擅自把他的跑鞋拿去干洗了,那鞋没有七天回不来,他明天不可能参加半马了,我把他的机会彻底毁了。第二天,他缩在家里,果然没有去参加半马,我有点害怕,就和他和好了。之后,他和他的跑友聊起没有参加半马这事,还会拿眼睛微微瞥我一下,用调笑的语气说,都是因为她非要洗鞋。"

"你跟这样的人谈了一年?"

"最后还是他把我甩了。不过我也不是没有收获,他不是当制片人吗,我偷看他手机的时候,看到有一个女性主义项目在招编剧,叫《消失的她》,我就报名了。最后真的接到了那个活,那是我参与过的最大的一个项目,也是我挣过的最大的一笔钱。"

"这是你靠自己的努力得来的。"

"后来我在那个项目认识了一个男的,一个比我更资深的编剧,他对我挺好的,我们一起聊出了很多东西。不过,他很喜欢在我交稿的前一天伤害我。"

"只在前一天伤害你吗?"

"对,比如在我截稿日前一天晚上跟我说要聊一聊结婚的事情,或者在我准备去见大导演的前一个小时跟我说他想要开放关系。"

"他无法忍受你的成功。"

"是这样吗?反正我就喜欢选这样的对象。我是不是有病啊?"

"你有你的原因。"

姐姐垂下眼睛。

"你有没有好奇过你心中最好的爱情是什么样的?"

"这还用好奇吗?谁不想要平等的互相尊重互相扶持的爱情?"

"你可以看看你想不想要。"红发女人把牌塞给她。

姐姐抽了一沓，红发女人让她把这些牌分类。

姐姐想了很久，把卡牌分了四类，摞成了四摞，每一摞最上面的是一张代表性的牌。

第一张是两个人的手在拉一根绳子。"这代表关系当中的角力。两个人在关系中欢爱、近身搏斗。没有一段关系不是刀光剑影的，这一摞全是刀、枪、血，都是爱的武器。"

第二张是两个人走在一条小道上，两个人没有靠得很近，并排走着。"我觉得这代表相互扶持、平等尊重的关系。精神上互相理解，人格上也不分高下，这就是我以后想要的爱情。"

第三张是两个人在做爱。"这是很多人觉得自己需要爱情的原因。"

最后是第四张，是一扇门，门前有一段台阶。那是一扇粉紫色的小门，它的另一边是一束粉黄色的亮光，四周肃穆黑暗，又有蓝绿和不同光源的明暗。"这是一个故事的开始。朦胧、渺小，有事情将要发生。"

红发女人问："这是你心中爱情的四个要素，

你觉得最重要的是哪个?"

姐姐指了第四张牌。

红发女人笑了:"四?你选了唯一一张没有人的?"

"对呀,为什么没有人呢?你是说我不喜欢人吗?"

"这扇门的后面是什么呢?"

"我不知道,但很像我小时候爱看的剧,里面有爱情,但不是甜蜜的,也不是美好的。那些爱情都是主角走向未知与诡谲的一个错步,是故事的转折点。"

"所以说你觉得爱情最大的作用是造故事。"

"这些故事给我带来太多麻烦了。我经常觉得,我是一个垃圾,我离不开所有对我不好的人,我真的很弱。但我必须要有故事。我觉得,爱情不是人与人的关系。是我与想象的关系,与幻梦的关系。是我与幻想世界的关系。"

"所以你根本不是在问爱情。别看你为爱情要死要活的,但你根本就不期待那些。你不期待死,也不期待活。"红发女人按住姐姐的手。

她的红发洒在姐姐的手臂上。

十年前,她会教红发女人化妆。在那时,红发女人还不是红发,是一头黑发,不像姐姐一样会打扮,但总的来说,两个人还是很像。

那个男人站在她们俩中间,似乎是为了某种模糊的公平。他心不在焉地对姐姐说:"你看看你化的这个妆,多媚态!你看她,多朴实!"

他经常像这样,用略带贬低的语言来逗红发女人。这些都是她后来想起来的,可能是因为红发女人那时候没有什么多余的表情。

可后来她的头发渐渐变红,飞扬起来,像红海一样把两个女人隔开。现在她的头发占满了姐姐的脑子,彰显出她们俩的区别。

红发女人转头看看四周。

"怎么了?你要走了吗?我们还没说完呢。"

"你不要紧张,接着说。"

"那你最开始从那些关于我的牌里面看出了什么?"

"你自己看看你的自我价值排序。"

"有什么问题？"

"没有什么问题？"

"为什么里面没有爱情？"

"你怎么自己就发现了？你是来问爱情的，怎么你的人生规划里根本没有爱情？"

"你这塔罗牌还挺打脸的。"

那张写作的手的小画让姐姐的五官通感。她像是回到了小时候，闻到了书脊深处的墨香，摸到了木桌柔韧的表皮，听到了周围大人为钱发愁的窸窸窣窣声、阳光下柏油路面熔化的沙沙声，看到了自己对一个体面的世界的期待。

"而且你的牌里有很多故事。"

"我今年才第一次有自己的房间，我在江边租了一间房子，我本来以为会很孤独，但后来发现房间有多大，脑子就有多大，我变得更聪明了。

"这张拥抱是我对所有我爱的人的感觉，我们没有什么矛盾，却一直都在和解；这张老鹰是自由，我需要自由，虽然看到这张牌之前我还不知道我要自由，但我现在明白了，我的手比我更了解自己啊;这张是讲告别,我觉得我的生活中告别发生得太多了;最后蹲在角落里哭的这一张,我受到一些很大的伤害的时候就会这样哭。我上周刚这样,缩成一团,好像什么也抵抗不了,只是一直号啕大哭:不要再伤害我了,不要再伤害我了。但是爱情对我来说绝对很重要啊,你这牌不准。"

"这些想法用语言问是问不出来的。如果有人问你想要什么样的爱情,你会说平等的、尊重的、共同进步的。我们每天都用语言塑造自己,我们是自己遇到的最精明的骗子。

"但是去看卡牌,那是图像,那不一样,那是一次眼球震荡,是砸到个人头上的判词。"

在红发女人还是黑发的时候,有一次,他看着一张姐姐的照片说了一句话,就像在对自己的行为做出解释:"你是我见过的最清纯的女人。"

姐姐从来没有想过自己清不清纯这件事,毕竟他不知道,她已经把人体上能探索的洞都探索过了。她把身子往外微微探了探,探出了他怀抱的领地。她知道是自己眼尾下垂、泪腺脱垂,以及圆圆的脸蛋呈现出的那副楚楚可怜的样子,让他联想到清纯这个词。

但那张照片上的,其实是红发女人,那天她化了很浓的"眼睑下至妆"。姐姐意识到,在他眼里,自己和红发女人最大的区别是,自己有五官下垂的"生理缺陷"。

在毕业之前,姐姐离开了那个男人。那时候,姐姐才刚适应这座大城市,每天都还为新的希望兴奋不已。

虽然她们两个人从来没有正面交流过这件事,但红发女人来找过她,说要一起写一部戏剧,毕业要用。在钱用完之前,她们一起写了这段词:

你有没有听说过罗得之妻的故事?

所多玛城毁后,罗得偕妻奔出,上帝告诉他们不可回头。

但罗得之妻回头了,于是被化为盐柱。

但罗得之妻有什么错,不就是喜欢大城

市吗?

所多玛人迷恋男色,乃是神要毁灭此城的原因之一。

罗得之妻唱:

罗得太倒霉 他老婆我犯了错 他的姓氏却成了耻辱柱

这就是女人结婚 失去姓名的好处

上帝提了要求 但我偏要回首

我不想一直看罗得的秃头

我明明有救赎之路要走 却贪恋那一点点回头的自由

我化成盐柱 盐柱会崩塌

女人的内部 以恐怖的破碎变化

上帝让你逃离北上广 你却要留恋亚文化

女权电影 文艺展览 下了班狂欢派对

少数群体 手磨咖啡 夜店里亚比聚会

皆是重罪

见过好东西的人 就不能再装睡

现代女人 只能义无反顾一直往前走

前路不明朗 身体亚健康
但我的朋友
女人已经不能回头
女人却没有过去

我们被赶出荒淫之城
一旦回头就不能清纯
我们否认自己的过去
跟其他女人划清界限
哪怕她很像我
我们被爱分离
先分离 才能支配

红发女人还在努力给姐姐解释:"你一看到那个图像,就知道它抓住你了。你看到鱼在深海里,就觉得鱼在拉你沉下去;你看到老鹰飞,就想和它一起飞走。你选这个追逐鱼钩的潜水男,你看见他在冒险,有激情,有魅力,他会去抓鱼钩,但鱼钩也总是会甩到你。这唯一的解释是,你希望他甩到你，你希望他勾破这层表象，穿破纸面，你在纸面后面握着画笔。"

那个鱼钩不成比例地大。

"所以我是自找的呀？那我岂不是永远找不到好男人了？"

"你真的在乎吗？你想写故事，不得沿着血腥味走吗？"

"但我只是想写这些伤害，不是想受这些伤害啊。"

"那你可以少一点性缘脑。"

"这就是你的专业建议？"

"我得走了。"

"你这次会消失吗？"

"你可以提醒自己小心受伤，但你得知道这些人一定会潜伏在你的人生路上，因为是你去找的他们。"

"你的那个面包还吃吗？"

红发女人把蔫答答的面包递给她。

"在你滚之前，我必须告诉你，我一直活在愧疚里。我允许他那样对你……"她的停顿像一种噪音,"也那样对我。我当时就是离不开那个黑洞,我真的很弱,我是个垃圾。多少个晚上我一想到你就痛苦得掐自己,但不是抓胳膊。你说得对,我看起来温柔可爱、懂事得体,所以我一直不承认我根本不想走那条最可能获得幸福的路。我生活在一个这么前卫的城市,身边都是怪人,还是觉得说出这样的话好可怕。尤其是在半夜翻别人的剩饭的时候……"

"我以为我们已经说明白了。都过去多久了,怎么老提那时候的事?"

"你知道我在说什么吗?"

"我不知道。跟你真的没什么好说的,你还是像当时一样自私傲慢,你吸收一切,你甚至吸收别人的语言。"

"你能闭嘴吗?我说的是,后来的事。"

"什么?"

"后来他出事,我一直猜那是你做的。"

"我以为是你做的。"

"我都可以想象,你在第50次被评价是受了他的帮助才入选小组之后，踩着高筒靴，翻进他的办公室……"

"是你在他身边醒来，他尚未苏醒的低沉嗓音，在你听来有着像虎啸对人的控制力，你溜到沙发上，打开他的iPad……"

"你找到了他的聊天记录。那篇文章还是三年前发给他的，截图记录时间、你的名字、我的名字……"

"你把这些用他的键盘点击发送，那么轻巧，就像他当年毫无负担地把你的名字从合作者栏删掉一样。"

"你是历史上第一个证明男人剽窃了女人的。"

"那倒不是吧……但我以为那个人是你，你以为是我？"

"但那个肯定是你吧，把卫生棉条寄到校长办公室的？还把文字一条一条剪下来，裹在卫生棉条上……"

"哈哈哈哈哈。"

"你可以很自然地做这些事情，把他掩盖掉的轻飘飘的伤害都变成实体的、可以摸到的。"

"但那是他自己干的。"

"是啊,大家都这么说。"

"你要相信那是你做的。你要知道你的自我是很强大的。就像你今天一样。"红发女人第一次激动起来,身子前倾,嘴唇也有了些红色。她把手上的牌甩得啪啪响。

"你看,人是没有救的,你说不出口的,也要用手去抓,用身体选最凶险的路去走。虽然你看着是小家碧玉、四肢无力,但你还是会跟刑天一样去撞,一遍一遍冲向最痛的事,像淬火一样。只不过你的身体太弱了,得比刑天多撞好多遍,慢慢地你才觉得了解更多了。我知道你痛,但我不是什么人生导师,我只能告诉你,你停不下来的,也没有人可以指导你,因为你根本不想改,你就放心吧,你可以自由地受苦。"